김동현 시전집

1962년, 공주사범학교 3학년,
공산성에서 나태주, 김영준과 함께

1964년 9월 15일, 대전에서 윤야중 선생을 모시고

1964년, 나태주와 함께

1969년, 나희주와 결혼사진

1973년 7월 27일,
나태주 약혼식날

1973년 9월 30일,
무량사에서 새여울 동인들

1973년 9월 30일,
무량사에서 새여울 동인들

1973년 9월 31일,
무량사 여관에서 식사시간

1977년 10월 8일,
제천 의림지 첫 시집
『겨울 果樹밭에서』 출간기념회

1980년대,
나태주, 김영준과 함께

1984년,
시인 김명수와 함께

1986년 10월 1일,
서울 목동 김동현 집에서
나태주, 이성선

1990년대,
막동리 처가에서 대금을 불며

변호사 시절의 김동현

1994년, 가족사진

1998년 8월 22일,
막동리 처가에서

1999년 8월 7일,
경기도 여주 김동현 별장에서

2004년 1월 30일,
막동리 처가에서

2008년 1월 5일 설날,
목은 이색 산소에서
나태주와 함께

2006년, 안산시장 후보 시절

2008년 1월 5일 설날,
서천 봉서사에서
처가식구들과

2010년 8월 22일,
장항에서 처가 가족모임

2009년 8월 29일, 계룡산 갑사에서 처가 형제들과

2013년 1월 15일, 김동현 상가

김동현 · 나태주 2인 시집
『구름에게 바람에게』

제1시집
『겨울 과수밭에서』

제2시집
『새』

산문집
『땅어진 자 땅을 짚고 일어나라』

제3시집
『바퀴의 잠』

시선집
『섬』

김동현 시전집

김동현 시전집

국학자료원

이것이 나의 최선일세

나태주(시인)

김동현은 나에게는 운명적인 사람입니다. 그와 나는 15, 16세 나이, 고등학교 1학년 학생으로 만나 한평생을 이웃하며 산 사람입니다. 고등학교 시절엔 급우로서, 청년 시기엔 문학의 동지로서, 그가 나의 누이 희주와 결혼을 한 뒤에는 가족의 일원으로서 함께한 사람입니다. 그러므로 이 세상에 와서 만난 사람 가운데 가장 중요한 사람 몇 사람을 말하라 할 때 이 사람을 나는 제일 먼저 입에 올려야 할 형편입니다.

그의 출생은 1944년. 그의 별세는 2013년. 세상에서 누린 햇수가 69년. 옛날 어른들 같았으면 충분히 잘 산 생애라 하겠지만 오늘날로 봐서는 아쉬운 생애입니다. 그는 살면서 여러 가지 일을 했습니다. 초등학교 교사, 중등학교 교사, 학원 강사, 등기소 소장, 변호사, 정당인으로 살았으며 동시에 함께한 일들도 여러 가지입니다. 그림 그리기, 바이올린 연주, 대금 연주, 불교 공부, 골프, 시 쓰기 등 취미 삼아 해본 일이 많습니다.

그러므로 그는 한 가지 일에 오로지한 적이 없는 사람이기도 합니다. 삶의 관심이 다양했고 여러 가지 일을 하면서 조금쯤 화려하게 조금쯤 분주하게 살았던 인물입니다. 그런 점에서 그는 나와 비슷하면서 전혀 다른 인생 궤적을 살았습니다. 주변 사람들이 예상하지 못했던 방향으로 인생 행로를 설정해서 그쪽으로 나가는 걸 자주 나는 곁에서 깜짝깜짝 놀라면서 보아왔습니다.

교직자, 시인, 미술가(장래 희망)→ 초등학교 교사, 법과대학생, 사법고시 공부→ 중등학교 교사, 시인, 행정고시 합격→ 등기소 소장, 사법고시 합격, 변호사→ 민권변호사, 정당인, 국회의원 출마, 안산시장 출마. 이것이 곁에서 본 그의 인생 변모 과정입니다. 너무 많은 일에 관심을 가졌고 너무 많은 일, 이질적인 일에 도전했고 그런 만큼 이룬 일도 많지만 잃어버린 일도 많았습니다.

　그렇지만 그가 세상을 떠난 뒤, 세상에 유의미하게 남겨진 것은 무엇일까요? 그것은 오로지 그가 살면서 쓴 글이라고 봅니다. 글 가운데 그는 세 권의 알찬 창작시집과 한 권의 선시집을 남겼습니다. 내가 아무리 무관심 하려 해도 그럴 수 없는 일이 그의 시를 그냥 내박쳐두는 일입니다. 내가 나이 80을 맞으면서 국학자료원에서 '시집 전집' 형태로 시전집을 다시 내면서 그의 시전집도 함께 내야 하지 않을까, 고민 끝에 이렇게 그의 시편 전부를 한 권으로 묶기로 했습니다.

　이것은 내가 살아서 그에게 보여줄 수 있는 마지막 우정의 표식입니다. 소년기의 친구로서, 시의 벗으로서, 가족의 일원으로서 이 정도는 내가 하고 넘어가야 도리일 것만 같아서 이렇게 하는 것입니다. 실상 그는 시단에서도 고향에서도 잊혀진 시인 가운데 한 사람입니다. 하지만 그의 시를 한 번만 눈여겨 보아주십시오. 과연 그가 잊혀질 시인입니까? 그래서 마땅합니까? 오히려 그를 잊은 사람들이 부끄럽고 민망한 사람들이 아닐까요!

하기는 이렇게 일이 잘 못 된 데에는 나름대로 이유가 있을 줄 압니다. 앞에서도 밝혔듯이 그가 여러 가지 일에 관심하며 분주히 살았고 문단 생활을 소홀히 했고 고향 안면도의 일에도 관심하지 않았을뿐더러 1979년에 본명인 김기종(金奇鐘)을 김동현(金洞玄)으로 개명한 일이 수월찮게 영향을 준 것으로 짐작이 됩니다. 그런 점에서 그의 첫 친구로서 나는 이 땅에 살면서 부산한 세상사에 너무 많이 부대끼며 살았던 김동현의 영혼을 위로하면서 책을 냅니다.

친구야. 자네는 세상에 살면서 너무 많은 일에 눈과 귀를 주고 살았어. 그래서 고달팠고 스스로 역마살 인생이라 그랬어. 이제는 그 역마살도 모두 마쳤으니 그 나라에서 편안히 쉬시면서 살게. 2013년 자네 떠난 뒤 한참 지나 2019년, 우리 어머니도 세상을 떠나셨어. 물론 자네에게는 장모님 되는 분이니 만나서 여러 가지 이야기도 나누었을 줄 아네.

때가 되면 우리 다시 만나 세상에서 다하지 못한 시 이야기를 나누세. 나는 아직도 시를 쓰면서 산다네. 그렇지만 아직도 읽지 못한 시가 많고 시에 대해서 모르는 것이 태산같이 많다네. 좀 더 시 읽고 시 쓰고 시를 생각하다가 자네가 사는 그 나라로 나도 넘어갈 걸세. 그때 만나세. 이것이 나의 최선일세. 자칫 초라해질 뻔한 책에 꽃다발을 달아주신 문학평론가 유성호 교수님과 이 책을 가지런히 꾸려주시는 국학자료원 정구형 대표님에게 감사의 인사를 적습니다.

일러두기

1 - 시 전집은 『겨울果樹밭에서』(1977), 『새』(1984), 『바퀴의 잠』(1992) 등을 원본으로 삼아 원전 그대로 표기하였다.

2 - 시 전집은 시집 간행 연도순으로 수록하였고, 작품 수록 순서는 원전을 따랐다.

3 - 저본에서 발견되는 명백한 탈자의 경우, 목차 및 본문 내용에 기초하여 수정하였다.

4 - 저본의 목차와 본문 제목의 표기가 상이할 경우, 본문 제목 표기를 따랐다.

5 - 원본의 의도를 존중하고자 한글맞춤법, 외래어 표기법에 맞지 않는 부분을 최대한 유지하였으나, 시 전집의 가로쓰기 편집을 위해 원전에 쓰인 문장부호 모점(、)과 고리점(。)을 각각 쉼표(,)와 마침표(.)로 수정하였다.

목 차

제 1 시집
겨울 果樹밭에서

제 2 시집
새

제 3 시집
바퀴의 잠

(시문학사, 1977. 9)

제1시집

겨울 果樹밭에서

序詩

진흙을 이겨
독을 하나 지으리

몸뚱이에는
세월이 묽혀놓은
나의 숨결과 몸짓과
하잘것없는 근심들을
묽게 묽게 무늬지어 바르리

한밤의 갈대 밭에
나의 독을 놓으리
나는 따로 담아놓을것이 없기에

그저
때때로 빗물이 고이고
고인 빗물에 밤이면 마알간 가을달이 비치고
이리 저리 방황하던 바람이
빈 독을 맴돌다가
갈 뿐

세월이 가면 한개씩
금이 가리

눈

눈이 오네.
눈 속에 五百 아기 부처님들이 소리없이 놀고 있네.

눈이 오네.
눈 속에 어디선가 산등성이 올라 보았던 산골 마을이 있네.
마을 가운데 예쁜 딸七兄弟 사는
꽃 잘 키우는 꽃집이 환하네.

눈이 오네.
꽃집에 끝에서 둘째 딸은 내 첫사랑.
그중에도 제일 예쁜 꽃같은 내 사랑.

눈이 오네.
눈 속에, 흰눈 속에
가는듯 멈춘듯 꽃집같은 꽃 喪輿가 가네.
生時인듯 꿈인듯 搖鈴소리도 들리네.

눈이 오네.
꽃집에 끝에서 둘째 딸은 시집 가서 죽었지.
죽은 魂이 새가 되어

첫눈 오는 이 저녁 눈 쌓이는 가지에 와
울어쌓네, 아프게 에후리며 울어쌓네.

눈이 오네, 날 저물어도 눈이 오네.
에후리는 새소리는 아기 부처님이 데려 가고
꽃 喪輿 산마을도 搖鈴소리 따라
沈淸이 빠져 죽은 印塘水 龍宮으로 가라앉고
가라앉은 빈 터전에
흰눈이 오네,
흰눈이 오네.

밤

밖에 서 계신이 거 누구요?

문을 여니 마당에 고요가 가득하다.

어제는 밤새내 범벅봉 떠가려는
淸나라 떼도적들 목도소리 웅성거리더니
그 범벅봉도 그냥 저렇게 의젓이 對坐했다.

아하
靈山殿에서 넓은 소맷자락을 펄럭이며 내려오시는 이
震默스님이로구나.

그 哄笑, 醉한 소리 더덩실 춤이 될 것 같은데
산 위에 달 오르니
스님의 웃음소리 구름 위를 달린다.

문 닫고 누웠으니 문 밖에 발자국소리
필시 阿彌陀佛님의 마당을 서성이는 큰 걸음소리라.
흰 종이문 비친 달에 마음이 비어 간다.

문 열고 나가보니

阿彌陀佛님은 極樂殿 臺 위에 오르셔서

跏趺坐를 틀고 앉아 계신지

달 비친 구름은 실낱같이 풀리고

마당 가운데 塔만이 홀로 하늘과 속삭이고 있다.

* 震默스님 : 朝鮮시대의 禪僧

봄밤의 진달래꽃밭에서

三十年 수절한 늙은 홀아비
가다 오다 구름도 씻어가는 언덕배기 草家三間에
앞뒤 꽃 가꾸어 때묻은 소매의 襤褸를 씻어내렸네.

달 뜨는 밤마다 댓돌에 걸터앉아 퉁소를 불양이면
흐느낌인지 흐느낌인지
꺾이며 맺히는 가락, 가던 구름도 멈춰 듣고
눈물 훔치며 흘쩍거리며 흘러가기 마련이네.

玉皇上帝님이 그 홀아비 하 가상타하여
다락같이 높은 하늘, 봄이면 꽃잎도
더러 떠온다는 개천가에 자리잡아
神仙으로 살게 하였다는 말을 나는 들었네.

허나 오늘 이 봄 밤
내 이 땅에 사는 몸이라 아지 못할 설움에 이끌려
한마당 진달래꽃밭에 가 봤더니 역시 설움은 설움이었네.
朝鮮八道에 閣氏鬼神이라는 閣氏鬼神은 다 모여
진달래꽃 꺾어 가슴 부비며
엉덩이로 짖이기며 흐느껴 울고 있는 그 울음의 강물을

내 무슨 재주로 막아볼건가.

홀연
진달래 꽃물 묻은 바람 타고 들려오는 소리
三十年 수절한 늙은 홀아비 神仙의 통소 소리 아닌가.
世上萬事 다 맑힐대로 맑힌 가락이
떼 閣氏鬼神들의 흐느낌의 강물을 고이 잠재웠네.

山房에서

하얗고 맑은것이 밤새 잎사귀 위를 굴러내리네.
말씀은 놓고 가세요.
여기는 어디쯤인가? 마을을 하얗게 펼치니
귀엽고 쬐그만 아기보살이 그 위로 뛰어가네.
여기는 어디쯤인가?
마음을 접어서 배를 띄웠지.
달 아래 물살 가르는 하얀 뱃길에……
말씀은 없었네, 산골 물소리나 한 바가지 떠다 놓고
친구할까나.

밤 散策

자다가 자꾸 깨이는 밤일랑
문 열고 散策을 나가야지.

달 아래 山길 밟고
바위를 돌아 얼마쯤 가면
嘉善大夫 金公之墓.

靑松 아래 서 있으니
물따라 山도 흐르네.

꿈 길

나 여기 서 있는 걸 당신은 아실지?
湖水 가득히 밀리는 아까시아 숲 그림자가 그리움으로
아물거립니다.

밀려도 밀려도 하얀 물 그림자가 건져내일 수 없는
그리움입니다.
당신은 내가 여기 서 있는 걸 아실지?

바람도 없는 고요 속에 하얀 아까시아 언덕이 있고
언덕 아래 湖水가 있습니다.

여기가 하늘나라라는데 나는 길을 잃었습니다.
그만 당신 사는 마을 가는 길을 잃어버렸습니다.

湖水 가득히 밀리는 물 그림자는 잊은 듯 아물거리는
하얀 아까시아 숲입니다.
밀려도 밀려도 건져내일 수 없는 그리움입니다.
당신은 여기 하염없이 내가 서 있는 걸 아실는지요?

어디로 가는지 나도 모르는 길을 구름인듯 생각없이 헤저어 갑니다.
당신은 내가 밟고 가는 꿈길을 짐작이나 하실는지?

日沒

사금파리만한 햇빛 한 쪼가리가 산꼭대기를 돌고 있네.
나를 따르던 그림자가 消滅해 가네.
산골짜기에 새소리만 가득하네.
내 散策길은 요만큼에서 돌아가야만 하네.

봄

보서요, 나무 끝 높이 위에
예쁜 발가락으로 작은 가지 움켜쥐고
天上樂 福德을 공굴차게 노래하는 작은 새를 보서요.

고 귀여운 게 차지한 쬐그만 하늘의
희보얀 밝음이
온 누리를 밝히기에는 힘겹겠지요만.

겨우내 서걱이는 마음으로
어디에도 못 가고 나무가리를 흔들던 죽은 이들의 슬픔을 맑혀서
고운 노래 한 접시 밝혀드는 작은 새를 보서요.

보서요, 글쎄 들어보서요.
작은 부리로 닿히인 하늘의 한 쪽 깃을 쪼아서
조금씩 보얀 동쪽 하늘을 열어보이는
저 새의 天上樂 福德의 노래소리를 들어보서요.

봄 밤

찬물에 씻은 마음 둘 데 없다.
저 새소리는 어디서 온 건가.
잊혀진 하늘 밖
아스럼 내 前生의 故鄕에 샘물 대이는
먼 기억의 속삭임같이
어느날이던가, 내 밟던 길 위에 떨어져 누워
밝히우던 꽃잎들이
어쩌면 이 하늘 아래까지 쫓아와서 새소리 하는가.

寒食 지나

寒食 지나 내리는 비는
밤을 새워 하늘까지 돌길을 놓고,
돌길 위에는 峨嵋山 산벚꽃나무가 꽃가지를 드리우고,

비 개이자 어리는 하얀 안개,
비단 옷고름같이 돌길 위에 나부끼어,
연하디 연한 분홍 산벚꽃나무 꽃가지에도 어리어,

그 환한 산벚꽃나무, 돌길 위에 꽃잎을 떨구고,
떨군 연하디 연한 분홍꽃잎을 밟고 나는 하늘을 오르고,
이쁘디 이쁜 님 따라 하늘까지 돌길을 오르고,

* 峨嵋山 : 부여군과 보령군의 접경에 있는 명산

峨嵋山 上臺庵에서

새암물이 솟아서 흘러내리네
부엌에선 나무 꺾는 소리
저녁놀이 나무숲에 흘러드네
산 아래 큰길엔
술취한 상두군들의 그림자 길고

峨嵋山 某日

客스님은 하늘을 가리켰다.
터진 서편 구름 틈 사이로 마지막 햇빛이 사라지고 있었다.

하얀 불두화 꽃 이파리가 눈같이 흩어졌다.

꽃이 풀잎이고
풀잎이 꽃이라고……

이튿날 客스님은 구름 그림자를 밟고 떠나셨다.
지금도 아침이면 날마다 마음엔 하루 저녁 쉬어가시는 客스님을 峨嵋山 中臺庵
이슬 묻은 돌길에 서서 떠나보내고 있다.

흰 구름

사월 초사흗날
천안 삼거리에서 만난
흰 구름아

내
峨嵋山에 있을 때
산에 와
하루 저녁
쉬어갔던 흰 구름아

멀리 오신 客스님
가신 산길 하얀 산벚꽃에 가리어 안 보이고
산골짜기 가득한 빈 허공만 길어올리던
흰 구름아

흰 옷 입은 마음으로
峨嵋山 中臺庵 마루 끝에 앉아
눈으로 이별했던
흰 구름아

\>

하얗게 젖은 손수건 펴들 듯
그리운 마음에 눈물짓는 눈짓으로 안부하며
흐렁흐렁 흘러가는
흰 구름아

새

내 가슴의 하늘을 나르는 새는
힘이 없어요, 힘이 없어요.

아리랑고개를 넘어가다가
가지에 앉은 조고맣고 귀여운 새
내 어찌 그 새가 미웁겠읍니까요.
하늘나라에 계신 분에게 뭔가 부지런히 외워올리던 새
그만 돌 하나 집어 아무 생각없이 던졌습지요.

날개가 상했어요, 날개가 상했어요.
十里도 못 날고 떨어진 새,
땅에 흘린 몇 방울의 피.

작은 靈魂이 어디 가 있는지
내 알 수 있었겠읍니까요.
저지난해 가을에 涅槃하신 靑潭스님은 팔이 길어서
작은 새 無間地獄에라도 떨어져 있거들랑
부디 極樂으로 건져 주십사고 부탁드렸더니
안 닿는대요, 글쎄 안 닿는대두요.

>

내 가슴에 흐르는 검은 하늘을 나르는 새
아직도 나릅니다요,
구슬피 울면서 나릅니다요.

雅歌

— 어느 날 새벽이던가 견우가 오줌 누러 나왔다가 유난히 빛나는 별 하나에게 사랑의 고지를 받았다.

밤과 아침 사이의 비좁은 길을
어둑한 꿈을 밟고 가다가
새벽에 빛나는 별 하나가
알 수 없는 언저리에 꽃이 솟듯이
내 마음의 언저리에 솟아 오르네.

기슭의 바람이
앞으로 밀었다 뒤로 당기는 파도같이
일렁이는 이 가슴을 누가 알까.
새벽에 빛나는 별 하나가
내 어두운 꿈자락에 박힌 진주같이 반짝이는 이유를.

이슬 맺힌 아침이
명경수 호숫가를 서성거릴 때
나는 다는 모르네,
소리 내지 않고 지나가던 별이 하나씩 숨을 때
일렁이는 파도같이 떨리는 이 가슴을.

>

　새벽에 빛나는 별 하나가

　보드라운 밤과 아침 사이의 비좁은 길을 살며시 빠져나와

　내 이마에 입맞춤 하듯 비추이는 걸……

혼잣말
— 직녀, 하늘에 돌아와서

물나비 한 마리 없는 빈 바다를
붉은 돛배 하나 지나가더니
내 맨살의 부끄러운 부분 어디쯤
곱게 남은 상처같이
맑은 물 위에 남은 뱃자욱
얼마간의 일렁임 뒤엔 아물어질까
알 수 없네.

그래도 알 수 없네.
사시로 사운대는 기슭을 핥는 물결같이
속으로 일렁이는 바람 속같은 내 안을
어느 날이던가
시린 이빨을 떨면서 동짓달 서리 묻은 땅 위로 낙엽 구르듯
누가 외로이 메마른 눈물 뿌리며 지나갔을까.

아아 눈 감아라
몸짓으로 흔드는 바닷물도 잠잠해질 때까지.
쓰겁던 입맞춤의 아픈 자욱도
이윽고 배 지나간 자욱 아물듯 지워질 때까지.

木百日紅

햇볕 잘 드는 백중사릿날
이참봉 못등에 모이는 귀신 떼는
나니 나니 난나니
木百日紅으로 모여 피는데
오늘일랑 나도 날라리나 불까,
날라리나 불까.

떼사릿물 밀리듯 木百日紅 모여 피는 날은
옛적 쌀됫박이나 꾸어먹은 얘기
다 덮어두고
봄바람에 날라리 불며
칠산바다 나가서 떼죽음한 물귀신은
나니 나니 난나니
오늘일랑 나도 날라리나 불까,
날라리나 불까.

銀가락지

外山에서 桃花潭,
桃花潭 돌아서 聖州,
聖州에서 내려 갈아 탄 車가
골짜기 깊은 골을 건너 굴참나무 자욱한 산언덕을 오른다.

눈 감으니 산골짜기에
가즉이 구름 모이듯
뜻 모를 슬픔이 모이누나,
아내여 슬픔이 모이누나.

풀이파리 자라 바람에 나불대듯
우리의 襤褸한 行旅가
산골짜기에 가즉이 구름 모이듯

뜻모를 슬픔
뜻모를 눈물.

갈데없이 언 우리 발가락
녹혀줄 데 없는 이 세상

>
　둥굴둥굴둥굴둥굴
　달무리같이 둥근 銀가락지 하나
　네 손가락에 끼워주면
　언 손 녹듯 풀릴 것 같은 슬픔.

길동무
— 아내를 위하여

얇은 구름 한 마지기 내려와서 山을 싣고 갑니다.
아 참말로 山이 구름 위에 떠 가네요.

글쎄요, 저것 보아요, 고운 복사꽃
실비단 안개에 가려서 구름 위에 둥둥 떠 가네요.

초가지붕 너머로 핀 살구꽃도 웃는 것 같네요.
웃으면서 떠 가네요.
그 집 지붕도 그 집 마당도, 삽살개도 둥둥 구름 위에 떠 가네요.
– 가늘은 실비에 젖어
눈에 담긴 눈물은 안개같이 피어나는 웃음으로 가리고
그래 우리도 지금 떠 간다, 구름 속에
슬픈 팔을 흔들며.

가을 戀歌

천상의 아내의 노랫소리가
가랑비에 묻어서 볼을 씻어내리는 가을
코스모스가 가랑비에 젖어 오후를 노질하네.

하늘의 높은 데를 노질하는 사공이
엇적엇적 느슨하게 흔들며 노 젓는 배에 실려
높은 데까지 떨리며 다녀온 목소리,
목소리……목소리……목소리……

내 마음속 금생의 남쪽바다의
한 옥타브 위를 나르는 작은 새의
울음이……울음이
가늘은 가랑비 되어

그 가랑비에 묻혀오는 은은한 목소리가
내 잊힌 노래를 나즉히 속삭이며
코스모스 꽃무더기를 노저어 가네,
노저어 가네.

無題

바람도 없는 솔숲은
안개에 고요히 출렁이고
나도 솔숲 사이 소리 없이 일렁이는
바위이어라

밤마다
바위는 안개로
풀리고

안개 속을 흘러가는
하염없는 돛배……

無題

백주 대낮에
어느 돌이 흐느끼느냐

어느 늙은 돌이 이렇게도 설리설리 흐느끼느냐

나를 녹아내리게 하는
어느 돌의 흐느낌이냐
왜 흐느끼느냐

無題

안개 속에 잠든 바다여
너의 노래는 꿈 속에 스며들어
天桃복사라도 하나 익휘라

발돋움 해도 발돋움 해도 못 따먹을
天桃복사라도 하나 익휘라

내 다시는 거짓말 안 할께
이제 나는 흙내 나는 땅을 기는 노릇은
더는 못하겠다

天桃복사 따러 가는 뱃사공이 되어서
天桃복사 나무 밑에 목을 느리고
허이 허이 하면서 올려다 보지

저녁 노래

어릴적 고향에 돌아와
해질녘 해변의 솔숲에 앉아라

바람은
잊은 옛날의 가라앉은 밑바닥에 베개도 없이 누워
근심하는 이들의 한숨의 가닥을 헤아리다가

먼 산
솔숲이나 하릴없이 흔들다가
외로운 나무들의 쓸쓸한 방랑을 몰고 가다가

바람은
어둠사리 찔 무렵
산마을 어느 상갓집 짚불도 꺼진 빈 마당에서
서성거리다가

....

>
　지금은 그저

　한숨 외로움 슬픔 이런 것들을 다 잠재워가는 나의 바다 한쪽에

　깨일 줄 모르는 고요의 잠을

　누이고 있네

靑田里

하늘의 별 사이에선 듯
한 잎씩 눈이 내린다.

아마
魚上川 宅 새끼돼지 한 마리가
부시시 일어나
눈발 날리는 하늘을 쳐다보리라.

술 배달하는 賢이 아빠도 밤 늦게 돌아오시면
창문마다 불이 꺼지고
이 언덕 마을은 어둠 속에 가물가물 가라앉는다.

어린것들은 꽃나라 꽃임금 되는 꿈을 안고 잠들고
더러는 잠이 깨인 어른들이
어린것들의 이불깃을 올려주며
밤열차 타고 서울구경 가듯 하는
이 人生의 훗진 재미라도 얘기할까.

밤은 깊어 별은 가려지고
바람도 없이 함박눈이 이 울타리 없는 가난한 마을을 덮으면

아라비아의 신기한 담요가
꽃을 싣고 궁전을 싣고 공주를 싣고
하늘을 날아가듯

언덕은
꽃나라 꽃임금 되는 꿈을 안고 잠든
어린것들이 사는 가난한 마을을 싣고
파들파들 깃을 치며
조금씩 흔들리며
이 地上의 밤을 건너
흰눈 내리는 하늘을 날아간다.

* 靑田里 : 충북 제천읍의 변두리마을

水然 先生 訪問記

詩人은 혼자 앓아누웠었단다.
衆生의 시름을 앓아누웠던 維摩詰같이.
그리곤 젊은 來客을 위하여
새로운 空間을 마련해 놓고 기다렸단다.
나는 그의 방에서 과일을 깎고
그는 넓어진 空間에 젊은 來客이 거북해 할까봐
슈베르트의 「겨울 나그네」로
흐름을 채운다.

나는 詩人 앞에서 귤을 벗긴다.
나는 손이 더러워 조심스럽다.
詩人은 손이 깨끗해서
詩人은 나의 손에서 귤을 받아
그의 깨끗한 손으로 시원스럽게 쪼개놓는다.
슈베르트의 「겨울 나그네」가
江물 같다.

>
귤이 흐른다.
칼이 흐른다.
詩人의 손이, 내 손이 흐른다.
부러진 佛頭가 흐른다.
成贊慶 詩人이 크레파스로 그려주었다는
詩人의 초상화가 흐른다.

詩人은 눈을 감고 의자 속에서 침잠하고
나는 詩人의 방안 空間을 측정한다.
無限으로 펼쳐진 詩人의 空間.
虛空을 노질하는 머리카락 하나.
虛空을 빗질하는 당신의 思惟.

詩人은 저만큼 그림자처럼 앉아서,
나는 이만큼 그림자처럼 앉아서,

詩人은 빛과 어둠 사이 만큼의 空間에
배를 띄우고,
나는 그의 뱃전을 출렁이는
소리없는 물결이 되어서.

* 水然 : 朴喜璉 先生 號

바람 속에서

― 羅泰柱 韻

바람에 비인 것은 마음만이 아니다
바람에 구르는 건 낙엽만이 아니다

바람이 부는 날은 마음이 빈다
바람이 부는 날은 하늘이 빈다
버릴 것은 다 버린 빈 껍질 되어
가자 가자 우리도
구르는 건 낙엽만이 아니다
비인 것은 마음만이 아니다

비어있는 가지를 서로 부비며
동지 섣달 언 땅에 어린것들이
비어있는 하늘을 지향없이 보면서
언 손을 와삭와삭 비벼대듯이
바람에 몰려가는 빈 가지들
와삭와삭 떨면서 몰려가는 나무들

버릴 것은 다 버린 빈 껍질 되어

가자 가자 우리도

마음이 비인 것은 나 혼자가 아니다
바람 속에 길 잃은 건 나무뿐이 아니다

내일이면 서리 묻은 하얀 골짜기
옷 벗은 나무들이 안개에 갇혀
갈 데 없이 떨면서 모였으리라

殘影

해 질 때
여기 살던 이 멀리 떠나고
그림자만 남아

내 마음의 뿌리에 스며들어
내 기쁜 노래 불러도
노래의 흐름 밑에 또 흐르는
엷게 흐느끼는
그늘의 노래.

날 저무는 저녁이면 혼자 몰래 빠져나가
江가에 고개 숙여 나앉은 山 그늘이 되고
밤이면 돌아와
내 잠을 누일 때
그늘의 잠이 되어 옆에 따라 눕고,

때때로
내 울음의 잔잔한 海面 아래
海流가 되어
소리 죽여 일렁이는 또 한겹 울음.

>
해 질 때
먼 데 내 살던 곳 떠나와
여기 왔으니

어느날일까,
해 질 때
노을 낀 바람 되어 내 여기 떠날 때

또 한 겹 바람 되어 날 바래다 주고
다시 멀리 온 이들을
山그림자로 마중 나가는…….

보리 심기
― 姜文周 先生 六十回 生辰에

지금은 하느님 나라에도 旗를 내릴 때다.
새는 제집으로 돌아가고
들은 비어있다.

내 들 가운데 홀로 보리를 심느니,
이 일은 보람이 지난 뒤의 새로운 일.
過去와 未來를 뒤섞는 일.

歲月은 들 가운데 엷은 안개로 여릿거리느니,
봄 여름의 푸른 잎은 虛空에 비어있는 그늘 그림자를 남기고 흩어졌다.

내 여기 기다림을 위하여 씨를 심는것이 아니라
겨울 구름과 바람의 외로운 放浪을 위한
하염없는 餘白에 띄우는 餘韻이려니.

겨울 江가에서

언 江을 따라가다 보면
아슴히 돌아간 江줄기 언저리
둔덕 솔밭 위를
스무 마리쯤 서른 마리쯤 철새가 낮게 날아간다.

어디서 날아오는지
가는 곳이 어딘지 알 수 없지만
언 江으로 낮게 滑降하다가
바람을 내이며 江 둔덕의 둥그런 솔밭의 높이 만큼의
抛物線을 그으며 날아간다.

抛物線의 밖으로 풀리는 虛無한 忘鄕.
얼음밑을 흐르는 江물처럼
오후 네 시의 바람 밑을 날아가리라.

그들이 남긴 날갯짓의 餘韻이
바람에 풀리면
언 江 위에 시들하게 반짝이는 오후의 햇빛……
이따금 江을 건너는 江마을 사람뿐.

>

　나는 보리라, 어느 날일지 모르지만

　저녁때 타는 놀이 바다같이 흐르는 山 위를

　스무 마리쯤 서른 마리쯤의 철새가

　엘리자를 싣고 바다를 건너던

　그물을 입에 물고

　가물가물 잊은 나의 옛 故鄕 마을로 날 실어가려고

　파들파들 깃을 치며

　다시 날아오는것을.

* 그물 : 안델센 동화 「백조왕자」에 나오는 이야기

山

언덕 너머 저만한 거리에서
날마다 눈으로 맞이하던 山
山은 山대로 잠이 들었을까
하늘엔 별도 없이 어두운 밤
어둠에 가려서 보이지 않고
부우연 윤곽도 가늠할 수 없다
한 자락은 모래로 바스라지며
한 자락은 바닷가로 휘달리고 있을까
모진 바위틈에 박힌
黃金의 꿈이라도 땀흘리며 꾸고 있을까

진눈깨비

이 진눈깨비 오는 이유를 알 것 같다.
사각사각 내리는 진눈깨비가
할아버지께서 사놓고 돌아가신
고향 바닷가
솔 숲에서 나는 솔바람 소리 전해준다,
바람이 없어도
바다와 화답하며
조용히 읊조리는.

어둠을 삭히며 사각사각 내리는 진눈깨비가
산골짜기 바윗길을 건너
벼랑의 어둠 위에 걸린 다리를 건너
네게로 간다.
어둠 속에 떠오른 네 이마,
지금 네 보오얀 이마에도
설움을 삭히는 진눈깨비가 내린다.

>
　이 진눈깨비 오는 이유를 조금은 알 것 같다.
　산너머 골짜기에는 바람이 불고
　바람 부는 골 건너
　바닷가 마을은
　배꽃 피고

　달빛 아래 이쁜 처녀애들
　바다가 읊조리는 노래 들으며
　꽃잎 받아 손에 얹고 수심겨운 웃음을 건네고 있으리라,
　몇 척의 돛배가 동무 삼아
　달 아래
　밤바다를 말없이 가듯.

들국화

개울가 돌담불에 피어있는 들국화
스무 해 전 죽어간
쬐그맣고 파리하던 우리 아기 모습으로
여기 피었네.

마을도 불빛도 없는 어두운 산속
작은 무덤 속 혼자 누워있는 아기 울음소리가 귀에 쟁쟁한다고
돌뿌리에 채어 발톱으로 피흘리며
밤중으로 산 넘던 우리 엄마 넋두리.

앞 뒷산 활활 타던 진달래 철지나 시들고
어린것 그때 죽었지.
시든 진달래
그중에도 덜 시든 것 골라 꺾어다
빈병에 물담아 아기 앞에 꽂아놓고
'아가 이 꽃 보고 죽지 마,
진댈래여,
아가 곱지?
이 꽃 보고 죽지 마 아가'

>
그 울먹임
지금도 되살아나네.
쬐그맣고 어린것
비뚤어진 입으로 웃으며 죽어가던 모습
되살아나네.

어린것 무덤은 마을도 불빛도 없는
등 너머 솔숲 속에 누워있지.
漆黑으로 어두운 달 떨어진 밤만 골라
쑥국 쑥국
외롭고 무서움에 슬피 울던 쑥국새…….

개울가 돌담불에 피어있는 들국화
마을이 그리워서 여기 피었음인가,
작은 걸음 아장아장 산너머 내려와
어린것 파리하던 그모습하고
피었네, 들국화로 피었네.

늦은 退勤길에

조그만 개울 위에 걸린
다리를 건너며
문득 하늘의 별을 보고 생각했다.

하느님, 당신이 꾸며놓은 하늘나라 별밭만큼이나
이 세상도 아름답고 순결하지 않으냐고.
(하기사 맘속으로는 죄스럽고 외람된 마음에 움츠려들긴 했지만)

알전등 켜진 부엌에서 골목으로 비치는 의미한 불빛.
때로 취한 사람이 비틀거리며 들어가고
골목들이 정답게 귀를 맞대고 모여 날 따라온다.

저녁상을 물리고 벽에 기대어 앉아있어도
터진 둑을 넘나드는 바닷물같이
귀를 맞대고 따라온 골목들이
부드러운 빛에 쌓여 내 가슴을 넘나든다.

구름 農事

올핼랑 구름 農事나 몇 마지기 지어볼까.

아침마다 잠깬 산새가 구슬을 꿰이듯이 지저귀니
산골 물소리 듣기 좀 좋은가.

朝夕으로 한 숟갈씩 나눠서
깨끗한 돌자리 보아 배고픈 영가들 공양도 드리고
바람이 실어다주는 슬픈 얘기도
친구 삼아 들어주면
하늘 못 간 이들의 눈물로 보이리라.

오늘은 몹시 바람이 불고 안개가 지피는 날,
산 것이나 죽은 것이나 의지가지 없는것들은
얼마나 추울까.
내가 할 수 있는 것은 산 것이나 죽은 것이나
미워하지 않고 걱정해주는 것 뿐이라네.

照應

너는 서 있고
나는 앉아서
네가 걸어가면
나는 너를 따라가는 그림자 바람이 되어서

네가 호수로 누우면
나는 물 위에 떠 있는 안개

네가 바람이 되면
나는 바람 속에 빈 나뭇가지

비어가는 네 마음 속을
나는 구름으로 나르고

저녁때
네가 강가에 나앉은 山이 되면
나는 숙여앉은 네 이마에 그림자 되고

겨울 果樹밭에서

겨울 果樹밭에서
고요히 흐르는 海流가 있다.

이따금 부는 바람에
빈 나뭇가지는 海草같이 떠서 흐른다.

이제 비로소 모든것을 버림으로 해서 얻은 自由.
가만히 귀 기울이면
가라앉은 바다의 허밍 코러스.

눈물겨운 가을 햇빛 속에 지탱해 오던 豊滿한 보람의 과일은
이 水深 모를 空虛를 위한 豫備.

밤으로 쓸쓸한 魂들이 모여
珊瑚樹 사이 人魚들이 海流에
머리를 헹구듯,
이 고요하고 슬플 것 하나 없는
虛無에 머리를 감는다.

>

아직도 기다림이 남은 이여,
봄 여름의 푸르던 이파리의 餘韻도 다 지워지고
일렁이는 바다의 울음도 다 삭아서
맑은 空虛만이 남아있는
이 太古같은 水深에
너의 마음을 누이렴.

봄밤

한 겹의 여울 밑에
봄바람이 그어놓은
하얀 손톱자욱.

어둠을 곁에 두고 속삭이는 소리.

어디로 가느냐,
으시시한 새벽에 젊은 무덤이
이름을 벗어놓은 구름이 되어.

가거라 가거라 밀리면서
벗어 놓은 이름이 바람이 되어.

自由

山을 보고 있으면
山이 내 안에 와서 앉는다.

한참을 보고 있으면
내가 어느결에 돌문이 잠긴
山 안에 앉아있다.

꼭 잠겨진 것이 처음엔 답답하더니
가만히 내 속엘 드려다보니
맑디 맑은 게 고여 오른다.

이게 다 차오르면
山은 노래할 게다.

自由

바다 끝에서 가랑비가 내립니다.

비는 바다를 밟고 내게로 옵니다.

빗방울 떨어진 자리마다
여리디 여린 꽃술이 생깁니다.

바위문을 열고 山사람이 山에서 나와
바닷가에 서서 노래합니다.

봄

봄바람이 분다
이파리가 흔들린다

꽃 핀 배나무 가지 아래서
농부가 괭이질하고 있다

神의 음악이 눈으로 들어와 흐른다
흘러서 구름이 된다
배나무 둥치가 일어나
구름이 된다

흔들리는 이파리는 한 줄기 구름자락

구름 밭을 괭이질하는 농부
아무리 먹어도 줄지 않는 양식을 가꾼다

無題

구름이 그늘을 지우며 지나간다.
나도 잠시 구름 그늘에 잠겨 앉아서
나무들이 흔들리는것을 보고 있으면
우아하고 부드러운 흔들림이
악기의 현 위를 미끄러지는
활의 부드러운 놀림 같다.

그래서
삼라만상의 흐름이
음악이고
나는 그 음악의 숲속을 뛰어다니기도 하고
지치면 쉬기도 하는 것이다.

구름과 農夫

구름 그림자가 느릿느릿 들을 건너간다.
果樹밭에서 일하는 農夫의 흥겨움이
五線紙 위를 옮겨앉는 새의 몸짓이다.

하기사
果樹밭 가운데 볼품없이 지어놓은
果樹밭직이 블록집이
날개치며 하늘을 오를 듯하고
부끄러운 것 슬픈 것
내 지난 옛날을 다 그늘지운 구름이
地上에 音樂을 그으며
들을 건너간다.

내 지난 옛날을 보듯
세상을 보면
한데 어울린
눈으로 읽는 가라앉은 音樂이다.

아마 저 農夫는 무언지 알고 있으리라,
때때로 허리 펴고 구름을 보며.

봄비 情感

흰 창호지 너머
무게를 버린 구름이 하염없이 날다가
줄줄이 늘어선 樹木 사이
갈 길 없이 서성이는 나그네같이
후두기며 떨어지는 새벽 빗소리.

창호지에 물 배듯 졸음이 스며
가는 것도 오는 것도 아닌 소리
東西南北 어디에도 귀먹은 소리.

너희도 비어가는 하얀 구름
빗줄기 속을 하염없이 나르는
무게를 버린 하얀 구름.

봄

복사꽃 피고
해맑은 대낮에
손바닥에 구멍 뚫린
아기예수는
복사꽃 가지 아래서
두 손을 하늘 위로 올리기도 하고
손바닥에 꽃잎을 받는다.
꽃잎이 뚫린 구멍으로 샌다.
아기예수는 방그레 웃는다.

잔잔한 바다같이 밀리는 봄기운이
드디어 신명이 잡혔는지
海流가 된다.

취한 대낮이 노을로 물들면
아기예수는
바알간 구름에 쌓여
승천한다,
조그만 손을 흔들며.

달밤

하늘의 별들이
우리 가난을 얘기하는 밤

들어보아라
누구인가 부르는 소리를……
누가 뒤에서
소리없이 빙그레 웃고 있다

알리 있으랴
그를 못 알아보고 말면
조금은 섭섭하겠지만
그는 돌아가
언제 그랬더냐는 듯이
홀로이 악기의 줄을 고르리라

밤은 깊어
이윽고 우리 모두 잠들면
그는 환한 달덩이라도 하나

우리 잠든 머리 위에
고요로히
띄우리라

달밤

산너머 여울물 소리 스미어 온다.

달 아래 산비탈에서 밭을 파는 老人의 괭이 소리도 스미어 온다.

더러는 산길을 두엇씩 서넛씩 두런거리며 내려오는 神仙의 말씀이 들리고

오랫적부터 내려오기를 그만두었다는 銀두레박이 다시 스르르 스르르 내려오는 소리, 참방 하고 물 위에 부딛는 소리 스미어 온다.

오늘 같은 날 上帝님은 우리 땅과 하늘 사이에 쳐 두었던 絶壁같은 遮日을 걷어버린 게다.

上帝님은 손수 내려오셔서 소에 쟁기를 메워 슬렁슬렁 밭을 가시고 몇 그루 과일나무도 심으시곤 손을 툭툭 터시며 이 地上의 냇가에서 쉬시다가 올라가신다, 仙女 몇은 여기 남아 있거라 잘 달래서 남겨두시고.

問答

아 당신들이시군요
한때의 모진 폭풍 뒤의 풀밭을 달래는
은은한 피리를 불며 오시듯이……
허나 이렇게 빠를 줄은 몰랐소
바다 건너에서 불을 피우며 배를 대라고 아우성치듯
세상 사람들의 소리가 귀에 아슴한데
이렇게 쉽게 당신들이 오시다니
아마
당신들이 날 데리고 가는 곳은 굉장히 멀겠지요
첩첩산중의 바윗길을 건너
돌밭을 건너
그리고 그리고……

아냐 이미 지났어
조그만 江만 하나 건너면 돼
이쪽과 저쪽을 갈라놓은
아주 조그만 다리가 걸려있지
과히 멀지 않아

>
그래도 나는 무섭군요
어디로 가는 거지요?
그건 말할 수 없어
·················

부르심

너희는 이름을 벗어놓고 내게 오너라

나는 이름할 수 없는 調和니라

여기는 하늘 벽도 녹아서 고요의 강물로 하염없이 출렁거리느니라

꽃으로 다리를 모아 너희를 맞이하리니
어서 오너라

이름을 벗어놓으면 너희도 송이 송이 꽃송이
꽃을 밟고 걸어오는 송이 송이 꽃송이

고요 속에 빛 무늬로 아롱진 꽃물결이 되어
내게 오너라

(청하, 1984. 5)   제2시집

                                        새

시집 『새』를 펴내면서 ─ 自序

　여기 모은 것은 1977년 9월 이후에 쓰여진 것으로서 시「우는 돌」을 제외하고는 쓰여진 연대순으로 배열하였다.

　시「우는 돌」은 몇 편의「우는 돌」이라는 제목의 시 외에 그동안 제목을 붙여주지 못한 것들을 모아 놓은 단시모음이다.

　시집 제목을 『새』로 한 것은 시집 속의 시「새」가 나의 작품세계를 대표한다거나 새의 이미지가 나의 마음세계를 대표하는 등의 특별한 이유가 있어서가 아닌 순전히 편의에 의한 것 뿐이다. 다만 '빈 공간을 날아가는 허무의 새' 쯤으로 생각할 수는 있다.

　이 시집이 나오도록 주선해준 畏友 金明秀 시인과 무명시인의 시집 출판의 모험을 감수한 張錫周 시인에게 감사한다.

1984. 3. 2

金洞玄

바람이

날마다 창 너머
바람에 흔들리는 나무를 보노라면
바람은 매일 와서 무얼 빚고 있을까.

부드럽게 쏠리는 나무들 위로
맑디 맑은 무언가가
열기를 여읜 서늘한 불꽃으로 피어 오르고
가끔 새가
불꽃 속을 날카롭게 날아 간다.

이 세상 아닌 어느 하늘에서도
내가 보는 나무의 흔들림을 받아서
나무는 저렇게 흔들리고
거기 사는 이들은 눈이 맑아서
내 대신 바람이 빚는 것을 보고 있을까.

몇 굽이 몸살을 앓고 나면
바람이 무얼 빚는지
나도 알 수 있을까.

>

이제 저녁을 먹었으니

다만 고향바다를 내 안에 불러들여

바닷가에 꽃게나 한 마리 놀게 해야지.

구름을 보며

구름이
등 비비며 맞대고 엉기다가
슬슬 허물어진다.
허물어지며 하늘에 엷게 음악을 깐다.

구름이 허물어져도
허물어진 빈 구름 자리에
무언가 단단히 엉겨서 허물 수 없는 것이 있다.

구름이 허물어진 데를 걸어가는
사나이.
신발 끄는 소리가 허물어진다.
허물어지는 소리가 비에 젖는다.

허물어진 데를 너홀거리는
하염없는 강물.
만 길 어둠의 깊은 데서 길어올린
흐느끼는 피리의 가락으로도 달래지 못할
떼 미치광이의 춤.

>

　아하하하하하하　허물어진다，　허물어진다，　허물어진다，　허물어진
다……

　허물어지는 것은 구름.
　한 줄기 소리죽여 허물어지는 음악.
　허물어지는 네 마음 속
　허물어지는 음악은 아름답지.

여름 저녁 한때 들판을 보며

황새가 날개를 저어
지상의 하늘과 천국의 하늘을 한꺼번에 흔들며 날아간다.

(날아가는 황새의 몸짓이 여름과 이별하는 어려운 움직임이다.)

황새마저도 여름과 하직하고
저 허무를 어렵게 극복하며
이승과 저승의 틈바구니를 날아가고 있으니

이제 나도 슬슬 여름과 하직할 준비나 할까.

가을 저녁

문뜩 뜰에서 나오자
장미 한 송이
전에 보지 못한 침묵을 하고 있다

한낮을 함께 놀던 바람은
깊은 숲속 골짜기에 몸을 눕혔는지
산 능선에 서있는 나무들조차
가을저녁 한때의 꽃의 침묵을 지키고 있다

한낮의 환희를 보낸 뒤의 저녁 한때를
어쩌면 저렇게도 엄숙히 맞는지

한 계절의 어여쁨을 다한 다음의
임종을 맞기 전의 침묵일는지

우주의 온갖 물상을
장미는 거두어 품어 안고
마지막 빗장을 걸어 닫는지
옆에 자리잡은 바윗돌보다
더 무거워 보인다

\>

서산 위에 흩어진 노을진 구름조각도
잠시 옴찍 않고 지키고 있다

이제 방금 생긴 예리한 손톱달이
더할 수 없는 아름다움으로 파르르 떨며
붉은 장미의 침묵을 맞이하고 있다

달

땅거미질 무렵
둑 위에서
여중생인 듯한 여자애가 연을 날리고 있다
늦가을

댓발쯤 됨직한 실 끝에
꼬리 긴 조그만 가오리연이
파들파들 바람에 흔들린다

멀리 큰 길엔
늦게 하교하는 애들 떠드는 소리

한 발 먼저 와서
왜 저 애는
철 이른 연을 날리고 있을까

언덕 위의 하얀 콘크리트 교회 첨탑 위로
베르나르 뷰펠의 솜씨로 그려넣은 듯한
달이 올라와 있다

산들바람

바람에 흔들리는 나무숲에는
흰옷 입은 선비들이
하늘에서 땅까지 줄지어 내려와
노닌다
더러는 여럿이 서성거리기도 한다

나뭇가지마다
엄지손톱만큼씩한 아기들이 가득히 매달려
놀고 있다
어떤 아기는 물무동을 서기도 하고
어떤 아기는
나뭇잎을 타고 비행도 한다

무얼 알았다는 겐지
혹은 취해선지
가끔
그중 제일 키 큰 나무가
하늘의 배꼽께 쯤을 슬며시 간지르기도 한다

가을 물소리

청청한 산골 물소리는
천지를 비운다

비워도 비워도
가득 차는 눈물

바위 위에 누워
눈 감고 듣는 물소리

산골 물소리에 실려
내가 떠 간다

물소리가 구름 사이로
하늘을 건너간다

바람 부는 날

나무가 바람에 흔들리운다
바람은 바람이다
설레이는 건 나무뿐이다

바람은 불다가 자죽없이 사라진다
자죽없이 사라지거라
흔들리는 나무도 사라지거라

흔들리는 것마다
바람처럼
사라지거라

흔들리지 않는 것도
사라지거라

남는 것은 단단하고 깨지 잖는 허무
허무도 사라지거라
자죽없이 사라지거라

봄

무엇을 잃고 나면
눈이 맑아진다

참 고마운 일이지

잃은 것이 있을 때마다
한 3,000미터 고도의 히말라야 고산에 자란 식물같이
마음도 한 자락씩 산뜻하게 맑아진다

무엇을 잃는 것이
때로는 이렇게 고맙고
맑을 수도 있으니

내 화창한 꿈의 들녘에
이마에 꽃을 단 들소 한 마리 놓아 줄 거야

눈 오는 돌밭에서

돌이 문을 열면
돌 속은 어둠일까
세월의 시종이 없는 엄숙한 중심……

돌마다 안에서 중심으로부터 퍼지는 넓디 넓은 공간
그 공간을
유현한 음악이
소리 잊은 빛깔로 파동친다

한동안 무연히 돌밭에 앉아있으면
나도 그중 하잘것없는 돌이 되어
내 안에 스며들어 무늬 짓는 물소리 바람소리

내 안에 푸짐히 푸짐히 세월 잊은 눈이 내리느니

새

넘어가는 저녁햇빛이
건너 산 아랫마을 유리창에 반사 되어
문득 그늘에 접힌 내게로 온다.

비애.

숨어드는 비애는
숨어들어 고웁다.

가장 깊은 비애는
샘 속으로 숨어라.

밀려오는 어둠은
별같이 영롱한 슬픔을 뿌린다.

적막은 비애를 맑게 씻는다.

밤중만큼 깊은 샘에서
하얀 새가
하늘로 날아 오른다.

지하철에서

눈을 감고 등을 기대앉은 메마른 얼굴의 늙은 사나이
흡사 물 속에서 건져내와
해변에 버려져 햇빛에 바랜 폐선조각 같다

창문으로 새어든 바람에
그의 머리칼이 날리니
뱃전에 엉겨붙은 마른 바닷말 줄기가 되살아나
물결에 흐느적이는 것 같다

―지하철 안에 가득히 출렁이는 저녁바다

노을 진 하늘 아래
배는 돌아오고

바다에 비친 해안의 산그림자는
잔 물결에 윤곽이 풀려
사나이와 나의 가슴으로 스며든다

벌레 소리

세상살이가 까닭없이 슬퍼서
슬픈 생각이 강물 같아서
회색 구름장이 차일을 두른 가을날

풀벌레 소리
혼자 울다
여럿이 울다

높았다 낮았다
저 슬픔으로만 지탱하는 것들이
어울려 화답하며 적막을 두드린다

갈잎 하나까지도 옴찍 않고

세상이
엷게 그늘 지운 슬픔만으로 짜 놓은
비단 같아

착한 이를 추억함

들을 건너가는 구름 그림자 따라
보리밭에 바람 불면

들 가득
죽은 절뚝발이 이서방의
흐느끼는 호드기 소리

배 고픈 한낮
찔레꽃 덤불 너머
소방울 소리

하늘에서
날개를 달고 내려 온 소가
죽은 절뚝발이 이서방의
발바닥을 핥는다

* 내 어릴 적 고향 마을에 나를 많이도 업어주던 마음 착한 절뚝발이 이서방이 살
  았다. 어느 겨울날 그는 보는 이 없이 움막에서 홀로 죽었단다.

고독

목화 다래만한 구름방울 하나가
무슨 소리를 몹시 지르며
샛파란 하늘을 달려 간다

곧 스며들 듯 스며들 듯하며

첫 눈

눈이 옵니다
한 소녀를 생각합니다

온 사물이 눈에 덮히어
곱게 잠든 소녀의 가슴처럼 호흡하는 천지를 보노라면
가장 순수한 그리움이 떠오릅니다

눈 내리는 모습을 보세요
슬픔은 하나도 없습니다
소녀들의 한바탕 윤무입니다
소리가 있다면
이보다 더 소란스럽고 즐거울 수는 없을 겁니다

바람에 날리며
어떤 눈송이는 사뿐히 의젓하게 내려앉고
어떤 것은 까불며 위로 다시 떠오를 듯
깨금질하는 눈

\>

저 사랑스런

눈의 윤무를 보노라면

나의 부끄럽고 안쓰러운 마음 감출 길 없이

한 소녀를 생각합니다.

가을 저녁

갈밭머리
노을에 물드는 구름

노을 속에
서 있는 목매기

산 그늘에 잠기는
두어 줄기 저녁 연기

강둑으로 쏠리는
연기 묻은 하늬바람

언덕 넘어 사라지는
하얀 그림자

꿈

하늘에서 내리는 피비
누구 것인지 모르는 관을 안고
나는 손바닥으로 관 위의 핏물을 닦아낸다

이하(李賀)는 스물에 백발이 된 꿈을 꾸고
통곡했다는데
나는 서른 다섯에 백발이 된 꿈을 꾸었다

누구 것인지 모르는 관을
백발인 내가
슬픔도 없이 끌어안고
피비 내리는 하늘을 본다

* 李賀 : 중국 만당시대 퇴폐주의 내지 초현실주의적인 환상적 시를 쓰다가 요절한 시인.

탄금대에서

낙엽이 진다
아득하여라

숲길을 걷는 사람
두서넛
정물 같구나

말씀도 가랑잎처럼
땅으로 내린다

아
아득하여라

세월도
저처럼 지는가

저녁 들 끝으로
돌아가는 강줄기 따라

>
세상 만사가
남화에 그려진
먼 산같이

담담한
원경

* 탄금대 : 충주 근교 남한강 가의 명승지. 우륵이 가야금을 연주했다해서 탄금대라 함.

초여름

푸른 나무 위로 넘어오는
부드럽고 우울한 구름

바람이 나뭇잎에서
부서진다

잎소리가 모두 눈을 뜨고
부신 듯이 하늘을 본다

문득 낯선 마을
어느 집
사립문 앞에서
머뭇거리듯

어딜 가도
낯선 구름

구름이 바다에 다 와서

구름이 바다에 다 와서
강물이 바다에 다 와서
무슨 말인가 하려고 생각했는데
잊지 않고 하려고 가슴 깊이 감추었는데
무슨 말일까 무슨 말일까
미처 못한 말이 숨어버렸다

장배 마중

돛배 타고 장에 가신 할아버지 밤새 기다리다
쓰러져 잠드는 비바람치는 겨울밤……
아침 일찍 언덕에 올라
먼 뱃길을 더듬노라면

제기접시 위에
큰 사과 한 덩이가 얹히듯
오서산 위에 해가 올라왔었지

한 개씩 뒤채이던
금빛 물결이
한바다 가득이 다투어 뒤채였지

어젯밤 바람에 포구에 묶였던 장배가
아침햇빛을 돛폭에 싣고
금빛 물결 위를 미끄러져 오는 모습은
흡사 들 건너 나에게 안길 듯 날아오는
커다란 새 같았지

>
　할아버지는
　제삿상을 보아오시는 망태기에
　싱싱한 해도 하나 더 담아가지고
　배 위에서 손짓하셨지

* 오서산 : 충남 광천읍 뒷산. 해발 791m, 나의 고향 안면도에서 건너다 보인다.
* 가득이 : "가득히"를 어감상 "가득이"로 썼다.

제2시집 새 __ 117

신항리

아침에 까치가 울면 반가운 손님이 오신다지

아침마다 빈 마을에 까치가 울어도
빈 마을은 빈 채로 날이 저물고
속 빈 공허함의 정결함이여

그런 대로 정결한 빈 마을에
오냐 젊은 사람은 모두 도시로 나가고
우리야 빈 대로
욕심도 비우고
손도 비우고
아침마다 까치가 우는 미루나무를 올려다 볼 뿐이다

빈 마을 논뚝을 가로질러
그림자처럼 어쩍어쩍
노을 속을 걸어 갈 뿐이다

* 신항리 : 충북 영동에 있는 마을

바람 부는 날

어둠이 짙어지는 저녁 무렵
환한 살구나무가 등불보다 고운데

하늘엔
내 마음이 풀어져 일렁이며 흘러가듯이

이제 볼일 다 보고
나는 간다
하듯이

왼 하늘 가득히
구름이 갑니다

산과 들을 뒤로 밀며
하늘이 갑니다

— 이 마을은 격랑에 밀리는 배라도 된 듯이 일렁이며 뒤로 밀립니다

\>

건너 산비탈에는
낙엽송 하나가
흔들리는 하늘에 외로움처럼
제 큰 키를 드러내고 있습니다
―마치 내 가슴엔 듯 뿌리를 내린 돛대같이

아아 이제 나는
허무의 심연에서 알 수 없는 물결에 밀리는
배를 타고
하늘을 우러를 뿐입니다

바람이 꽃잎을 스칠 때

바람이 꽃잎을 스칠 때
먼 하늘 끝에서 들려오는
은은한 나팔소리
한없이 가라앉은 고요 가운데
물이랑이 잔잔히 퍼져가듯이

바람이 꽃잎을 스칠 때
서늘한 불꽃의 벽을 넘어
향 맑은 하늘 너머까지
은은히 울려퍼지는 나팔소리

불꽃을 삭힌 서늘한
바람이
아슬한 벼랑 아래
눈발을 흩날리게 하다가 돌아와

>
　　바람이 꽃잎을 스칠 때
　　사물마다
　　은은한 후광이 돋고
　　지심에서 울려오는
　　기쁜 몸부림같이
　　서늘한 불꽃의 벽을 넘어
　　아아 나의 영원으로도 날아갈 수 없는
　　향 맑은 하늘 너머까지
　　은은히 울려 퍼지는 나팔소리

　　바람이 꽃잎을 스칠 때……

이른 아침

이름을 알 수 없는 새떼가
산에서 내려와
외로웠던 이 홀로 살다 간
빈 집 앞
길가 뽀뿌라 가지에 앉았다

잔가지는
새의 무게를 받아
둥글고 가볍게 흔들거린다

이런
하찮은 일도 다 비추는 큰 거울이 있어서
아득히 먼 하늘 너머 어디에도

그림자처럼
새떼가 산에서 내려와
외로웠던 이
안 외롭게 사는 마을로 가는
길 가
뽀뿌라 가지에 앉았으리라

>
   잔가지는
   새의 무게를 받아
   허공중에
   둥글로 가볍게 흔들거리리라

낙화

1

꽃잎이 질 때는
한 잎씩 질 때마다
어쩌면 우리 귀에도 들리지 않는
딩 동 댕 하는 종소리라도 울릴 지 몰라
팔랑 팔랑 팔랑 팔랑……
세월의 깊은 여울을 헤치고
수심(水深)의 가장 깊은 데까지 떨어져 내려가는
꽃잎들

2

산 골짜기쯤
홀로 피었던 산벚꽃
꽃잎 하나씩 질 때마다
먼바다에서는
듣는 이 없는
은은한 우뢰가 칠 지도 몰라

>

아아
그리움도 여의고
저 혼자 지는 꽃잎

다 지고 나면
지울 수 없는
부연 흔적이
내 마음 허공에 그려져 있음이여

봄밤

아스라한 허공 들녘 끝에서
점점이 소멸하면서 오는
밤의 소리들

고독은
손금 얼크러지듯 서성인 시냇물같이
가죽이 스며드는데

아아 소멸해가는 것들이여
아직 소멸하지 못해서 외로운 것들이여

손금같이 흘러가는 시냇물에
기운 달이 부서지며
멀리 떠내려 가고

아 우리도…… 알 수 없는 빈 들녘을 건너
먼 하늘 끝으로
점점이 소멸하면서 가는
밤의 소리들

잡초
— 설날아침에

자식도 크면 친구 되지
이만 나이 먹으면
잡초같이 산 인생이라도 흐뭇하구나

봄에 푸르던 풀도
가을 되면 시드는 법

자 너도 한잔 받아라

잔디 줄기처럼 서로 엉기면
눈물 날듯이
푸근하구나

누가 적막강산이라더냐
문 열고 들을 보면

강 건너 날아가는
한 떼의 들기러기

겨울 새

새야
겨울 새야

너 구만리 장천 날라서
구만리 장천보다 더 먼 내 슬픔의 늪 위도 날아서
내게로 온

새야
겨울 새야

저 영원의 문을 닫아 걸고
냉큼 내게는 문을 열어줄 것같지 않은

저 푸른 하늘 복판을 깨고
쑥 머리 내놓고
훨훨 날라서 내게로 온

새야
겨울 새야

꽃

나의 뜰에 꽃이 필 때는
나는 그 향기를 모릅니다

당신이여
내게는 꽃 진 뒤에야
그 은은하고 가슴 저미게 애틋한
향기를 맡고

깜깜한 바윗 속같은 어둠에서도
환하게
그 하늘한 모습을 봅니다

신라 土偶

팔짱을 끼고
하늘 보는
사람

구름 보는 사람

하늘을
건너가는
새

하늘엔 어여쁜 꽃빛으로
새 날아간 자죽이 남아

아
아파라

물소리
하늘을 건너가고

\>

물소리 건너간 자욱이

텅 비고

山

山은 저만큼 멀리 있습니다
운명처럼
부연 운애에 가려

어딜 가도 산은 멀리서
끄덕입니다
조금씩 바람에 흔들립니다

흔들리며 점점 멀리 떠나갑니다
바다 너머로
별과 별 사이로

하염없이 떠돌다가
귀향하려는 배처럼

혹은
영영 뱃길을 잊은 배처럼

성탄제

—한 소녀가 성탄절에 가까와질 무렵 시골에 있는 자기 아버지 묘소로 성
묘가서 나에게 시인 김종길의 「성탄제」를 써 보내다. 이에 화답하다.

동방박사는 옛 얘기
서녘의 별도 옛 얘기
우리는 헤롯도 아니건만
서녘의 별은 찾아도 없다

어두운 하늘 아래
얼어버린 마음뿐
너는 홀로 말구유에서 태어나신
가난한 순수를 찾아 나섰니?

눈으로도 덮을 수 없는 슬픔을 안고
외로운 눈물 뿌리며
때묻은 무명옷의 마리아를
찾아 나섰니?

―잠처럼 슬픔을 덮어줄
  눈도 내리지 않거니

오늘 밤
너를 떠나보낸 나의 빈 마음엔
작은 꽃송이가
등불을 밝혀들고
때묻은 무명옷의 마리아를 찾아
헤매이누나

自像

푸른 수정산
칼 비친 첩첩 절벽
내리 쬐는
빛 보라

시간도 멎어버린
고요의 골짜기
죄지은 벗은 짐승
피 흘리며 헤맨다

달을 먹은 山

산은 밤마다
달을 먹는다

푸른 하늘 아래
산 죽지로
이슬이 굴러내리듯
참 맑고 큰 것이
연신 굴러내린다

영원히 낮은 곳까지
영원히 낮은 둥근 곳까지

언젠가는 나의 속으로
지평이 열리며
저 끝에서부터 반짝이며 오는
오 내 안에 흐르는 강물
그 하얀 강줄기 끝에서 뜨는 달

백발

아네요
아네요
아네요
아네요
아네요
……

갈밭머리 일어나는 구름

겨울 山

바람아 바람아 불어라
솔가리는 잘 타거라
둥 너머 강가에는 하늘 가득 떨어지는 꽃잎
예쁜 처녀들은 꽃잎 주워라
소나무는 잘 흔들려라
山은 이마에 하얀 눈을 얹고 있지

山

밤만 되면 신랑은 새각시 홀로 두고 산고개 세 개 넘어 산속으로 갑니다.

세 번 크게 소리치면 어디서 나오는지 수만 병정이 신랑 앞에 줄지어 섭니다.

신랑은 무서운 장수입니다. 밤이 이슥하도록 병정들을 훈련시킵니다.

참 무섭게 훈련시킵니다.

이걸 그만 새각시가 몰래 뒤밟아 가서 훔쳐보고 말았습니다. 새벽에 돌아온 신랑은 한숨을 쉬며 탄색했습니다. 천기가 누설됐으니 일은 틀렸도다. 새각시가 깜박 조는 사이에 신랑은 온 데 간 데없이 사라졌습니다.

새각시가 밤마다 찾아 헤매어도 신랑이 수만 병정을 훈련시키던 산자락이 어디인지조차 도무지 찾아볼 수 없었습니다.

그후 산은 한밤에 부스스 털고 일어나 거대한 활에 화살을 메기어 허공을 향해 힘껏 쏘았습니다. 그리곤 다시 산으로 무너앉아 침묵합니다.

답신

— 제천에 계신 노시인 박지견 선생께서 소인에게 누차 소식을 주셨으나 분망으로 답을 못 드리자 엽서에 두 줄로 '꼭 만납시다. 信義 때문에 삽시다'라고 써 보내셨다. 이에 변명겸 사과의 말씀으로 이 시를 써 올리다.

—꼭 만납시다
信義 때문에 삽시다

가을 밤
은빛 산

파아란 안개 한 오리가
산에 걸렸다

信義는
新月의 초승달이 되어 하늘에 떴다

마알간
無主空山

―꼭 만납시다.

은빛 골짜기의
시냇물이

우리 하늘의 영원으로
거슬러 올라갑니다

파르르 떠는 新月의 초승달
그 달빛에

아주 자디잔
물결을 반짝이며

어느 날

깃발을 보세요
소리가 쟁 쟁 쟁 울려납니다
살기가 얼마나 즐겁습니까

悲歌

— 1979년 음력 동짓달 열사흗날 어머니께서 돌아가시다. 장례를 모시고 그 즈음 쓴 즉흥시들이다.

1. 죽음

가장 위대한 명령입니다.

시작도 끝도 없는…… 모든 것이 무너져내린다는 말로도 표현할 수 없는, 지상의 슬픔으로는 한 치도 미치지 못하는

가장 위대한 명령입니다

절대의 벽입니다

만 마디의 진언으로도 따라가 그 소재를

찾을 수 없는 영원한 근원입니다

절대절명의 절벽입니다

쫓아가다가 그 앞에서는 그저 주저앉아

망연자실할 뿐인

가장 위대한 어둠입니다.

2. 悲歌

해가 뜹니다
동쪽에도 해가 뜨고
서쪽에도 해가 뜹니다

하늘 너머 어디에는 배가 갑니다

밤이 옵니다
하늘 너머 어디에서
별이 옵니다
줄 지어 줄 지어
별이 어려옵니다
꽃신 신고 춤추며 별이 옵니다

당신도 꽃신 신고
어려옵니다

아리
아리
아리랑
하늘 너머 가신 님아
꽃신 신고 오는 님아

>

낮이 웁니다
동쪽에서 해가 뜨고
뻘물이 웁니다

3. 悲歌

바람이 나의 목을 감습니다
당신입니까

별이 반짝입니다
당신입니까

간간이 문이 흔들립니다
당신입니까

조용히 조용히 밀려오는 만상의 소리는
나의 가슴에 붉은 줄을 긋고 갑니다

아아 당신입니까
당신입니까

4. 지상의 소멸

　지상의 우주 하나가 소멸합니다 마음마다의 허공 중에 영원히 일렁이는 꽃무늬를 이뤄놓고 서서히 어둠의 장막이 우리들 사이를 갈라놓았습니다
　죽음은 有라고도 無라고도 규정지을 수 없는 불가사의입니다
　人生의 완성인지 다른 무엇인지 혹은 어떤 과정인지도 모릅니다
　혹은 無常인지 有常인지 짐작도 안갑니다
　그리고 우리는 그 절대절명의 죽음에 마저 순종합니다

5. 인생은 축제입니다

인생은 축제입니다
구정물같이 살아도 축제입니다
울음도 축제요 웃음도 축제입니다
번뇌는 인생의 보약입니다

시간은 끝도 없이 원의 둘레를 돕니다.
결코 시작도 없습니다
그리고 우리는 영원합니다

태어남이 고향이라면
죽음도 고향입니다

어쩌면 여기는 극락세계가 지겨워 잠시 마실나온
동구밖일 겁니다

아니 아니
그런 건 아닙니다
여기는 바로
번뇌로 지글지글 타는
어여쁘디 어여쁜 극락입니다

>

인생은 축제입니다
태어남도 축제요 죽음도 얼마나 어여쁜 축제입니까

우리는 시작도 끝도 없는 영겁의 원의 둘레를
손에 손잡고 춤추고 있습니다

6. 죽음

가장 장엄한 삶입니다
수국꽃같이 만발하고 바다같이 넓습니다

7. 뻘물

해변에, 아니 뻘밭에 한 여인이
조개를 줍습니다 아주 초라한 여인이
게를 잡습니다

허나 이것은 환상일 뿐
그렇게 단단하던 생활이 일순이 지나자
환상일 뿐입니다

오직 무어라고 규정지을 수 없고 미화시킬 수 없는
뻘물이 우리들 가슴 가득히
밀려오고 있을 뿐입니다

8. 흙

나는 당신을 밟고 갑니다
흙 위에 흙이 내리 듯 연륜따라
끝없이 당신을 밟고 갑니다

9. 어머니

어머니 부르면
바람 같고
어머니 부르면
흙 같습니다

어디로부터 왔는지 모를 어머니란 말
어디로 가는지 모를 어머니란 말

어머니 부르면
하늘이 가로막고
어머니 부르면
강물은 하염없이
흘러갑니다

어머니 불러도
멈추는 건 하나도 없고
영원히 영원히
흘러 갈 뿐입니다

10. 별

쌍둥이 아기 중 하나가 먼저 하늘나라로 갔습니다

진달래가 앞 뒤 만발한 봄날 일곱살 먹은 동생이 두번째로 갔습니다

두살박이 재롱둥이가 세번째로 하늘나라로 갔습니다 작은 육신은 잔솔밭에 남겨두고……

엄마는 여우 살가지가 애장을 파 헤친다고 저녁때는 메꾸리에 굴껍질을 담다가 아기무덤을 덮었습니다

밤중에도 돌뿌리에 채어 발톱으로 피 흘리며 아기들이 누운 산을 넘어갔다 옵니다

이제 세월은 가고 엄마의 슬픔도 잊었습니다

하늘나라 아기 삼형제는 개울가 돌담불에 모여 놀면서 엄마를 기다립니다

엄마가 하늘나라에 가셨습니다

누가 초가집 하나는 마련해 주실 거예요

거기도 여기처럼 인심이 좋을 거고 엄마는 여기 마을에서 인심을 많이 얻고 살았으니까요

엄마는 하늘나라에 가서도 밭을 매실 거예요

저녁이면 아기들이 엄마 치마꼬리를 잡고 매달리겠지요

엄마는 처마에 종이등불 켜 달고 저녁밥을 짓습니다

아기들은 방에서 저녁밥을 기다리며 소꿉놀이 합니다

저기 보세요

저 별들이 바로 그 하늘나라 초가집에서 비치는 엄마별과 아기별들입니다

11. 지상의 밤 저쪽엔

하얗게 언 지상의 밤
저쪽엔
복사꽃 피리

바람 위에
돛 단
배 떠 가리

죽음에 등 비비며
강물 흐르리

어둠이 벗겨지고
수정 같이 흐르리

강물의 흐느낌도 맑아져서
휘파람
노래가 되리

복사꽃 이파리가
강물에 떠 가리

>
어둠에 갇힌

지상의 밤 저쪽엔

12. 悲歌

저는 지금
잔잔한 바닷가
곱게 물살지운 모래톱에 서 있습니다

환상처럼 아름다운 노을이 집니다
맑은 외로움이 저를 싸고 돕니다

저에게 광풍을 주십시오
살을 저미는 아픔을 주시고
모진 흙탕물로 굽이치는 탁류로 저를 휩쓸어주십시오
환상처럼 아름다운 노을을 깨치고
하늘을 가르는 번개와 천둥을 주십시오

인생은 그게 아니라고
육각의 금강석을 잘라내는 아픔이라고
저에게
가르쳐 주십시오

13. 목소리

나는 풀
나는 흙
나는 바람
나는 돌
나는 허공
나는 이슬
나는 햇빛
나는 어둠
나는 하늘
나는 달
나는 낮
나는 밤
나는 산
나는 강
나는 너

14. 만가

동짓달 보름날
초겨울 실비에 잠겨
상여가 간다

생전에 풀지 못한 한이
죽어 흥겹다

땅이 허물어지고
세상만사는
안개 같이 잠기는데

하늘 가으로
가득 대이는 풀잎

메마른 곡성이
비에 젖는다

靑霞洞行

빠이 빠이
꽃보다도 가벼운
청하동행 기차
꽃보다도 이쁘게
바람의 터널을
지나갑니다

허망이라는 이름의
열차입니다
쇠망치로 두드려도
부서지지 않습니다

여보세요
초록이 기우는 하늘 가에서
나는 얼마나 단단합니까

>

바람의 터널은
꿈의 동굴입니다

나비도 두어 마리
팔랑거리는 강물입니다

유랑

내 인생은 깎여서 절벽이 되고
절벽을 감도는 무연한 안개 한 오리

꿈이 가고
세월이 가도
빈 터에 하얀 내 영혼의 실루엣

아아 기우는 절대여
사라지는 무명이여

때로는
벗은 여자같이 유혹하는
안개 속을
나는 떠돌이였다

바다

식탁에 앉아 수건으로 나이프에 묻은 물방울을 닦았다.
하얀 진실을 접어 날렸다.
갈매기가 되어 훨훨 날아갔다.
하늘은 한량없이 파랗기만 했다.

꽃

한밤에 불을 켜듯
이 지상에
한 점 때 없이
환히 피었으니

어느 향 맑은 세상에서
날아온
소식이더뇨

거짓 꿈 많은 내 마음에도
알 수 없는
운율을 출렁이게 하는
소리 없는 부름으로……

풀잎의 노래

1

멀리서 종이 웁니다.
가납하소서.
어둠이 옵니다, 이제 가까이.
비로소 생명함을 다함에
생명함의 소중했음을 알았고

당신의 은총을 알았나이다.
이제 당신의 크신 어둠에 나를 맡기오매
두려웁나이다.
가슴이 미어지는 아픔으로
당신을 믿고 부드러이 순종합니다.

2

나를 이슬이게 하소서, 풀잎에 놓인.
어둠 속에서 한 점 티끌도 걸러주시고
이렇게 잠시 머물렀다가
아침이면 햇빛 반짝 머금고 스러지는
이슬이게 하소서.

\>

나는 풀잎이게 하소서, 바람 불때면
가슴 뿌리까지 떨리는 생명의 외롭고 소중함을
깨닫나이다.
밤에는 어둠에 온 전신을 누이고
오직 어둠밖에 나를 받아들일 곳이 없음을
깨닫나이다.

    3

캄캄한 밤하늘을
바람이 붑니다.
땅에 몸을 누이고 외롭고 슬픔에 몸을 떱니다.
한 점 입김으로 바람 속에 섞이어 당신께로 가겠나이다.
가납(嘉納)하소서,
가납하소서.

* 가납(嘉納) : 바치는 물건을 달갑게 받아들임

\>
캄캄한 밤하늘을
구름이 흘러갑니다.
멀리 발돋움하고 가슴 설레임으로 서성입니다.
한 점 연기도 저 구름 속에 섞이어 당신께로 가겠나이다.
가납하소서,
가납하소서.

   4
캄캄한 어둠 속을
바람이 붑니다.
이제 비로소 이 어둠 속에 나의 전신은 떨리며
외롭고 슬픔으로 해서 나의 가슴은 열리고
저 영원한 하늘 끝까지 울려 퍼질 노래가 나올 듯합니다.

가납하소서, 나의 이 어둡고 슬픔 노래를,
이 생명함의 안타까움을,
이 소중하고 슬픈 혼자만의
축제를
아아, 가납하소서.

5

바다가 열립니다,
나의 가슴에 하염없는 바다가.
그저 무한한 우주의 끝까지라 해도
다하지 못할
바다가 열립니다.

하늘이 열립니다,
나의 가슴에.
무엇으로도 표현할 수 없는
하염없이 비어있는
심연의 어둠의
하늘이 열립니다.

6

피리를 부소서, 어둠 속에.
이제 나는 슬픈 황홀함에 나의 몸을 맡겨
떨며 춤추나이다.
가장 깊은 어둠의 심부에서 울려오는
기쁜 몸부림으로 춤추나이다.

\>
피리를 부소서, 어둠 속에.
끝 모를 허허로운 동굴 속에 나의 입김을 부어
노래하나이다.
가장 깊은 어둠의 심부에서 울려오는
마약보다도 더 슬프고 황홀한 노래입니다.

7

가납하소서.
이제 비로소 풀잎같이 연약한
바다의 잠을 누입니다.
나의 혼은 칼보다도 빠르게
당신에게 갑니다.

가납하소서.
나의 잠은 꽃보다도 가볍게
꽃의 성에 갇힌 넓디 넓은 어둠에 잠겨 듭니다.
이제 나의 혼은 꿈의 샘을 타고 내려가
당신의 달콤한 품속에 잠기리다.

8

가납하소서.

이제 나의 가슴엔 하염없는 바다가 열리고

당신의 배가 하얀 돛을 달고 떠 가나이다.

모든 것을 당신에게 바침에

나의 혼은 가벼워지고 한없이 너그럽고 편안하나이다.

가납하소서.

이제 비로소 내가 다름 아닌

당신의 빛이요 어둠임을 알았음에

모든 두려움에 잊어버리고

은은한 바다의 노래를 합니다.

9

꽃을 주소서, 바람같이 가벼운.

나는 꽃으로 나룻배하여

칼보다도 빠르게 당신께 가오리다.

나의 어둠을 더욱 어둡게 하고

나의 혼을 더욱 가볍게 하여 당신께 가오리다.

>
꽃을 주소서, 바람같이 가벼운.
나는 꽃으로 나룻배하여
칼보다도 더 빠르게 당신께 가오리다.
나의 혼을 노래보다 더 이쁘게 하여
당신의 은밀한 제일 깊은 곳으로
흔적도 없이 잠겨 드리다.

10

새가 웁니다.
저 새는 내가 못 다 운 울음을 웁니다.
아침에도 울고 저녁에도 웁니다.
울음은 한 잎씩 꽃이파리가 되어
바다에 내립니다.

새가 웁니다.
저 새는 억만 시간을 못 다 운 울음을 웁니다.
나의 울음만도 아니요, 당신만의 울음도 아닙니다.
울음은 한 잎씩 꽃이파리가 되어
고요히 고요히
가장 깊은 심연의 바다까지 가라앉습니다.

11

바다 앞에 당도한 순례자가
바다를 앞에 하고
잠을 잡니다.
바다보다 넓고
편안한 잠을.

먼 데서 안개가
알 수 없는 배를
밀고 갑니다.
남은 건 알 수 없는
어둠의 잠.

유랑

안개가 골짜기를 타고 내려와
사물을 그 품에 안으면
나는 느낀다, 나의 가슴에도
환한 풍경이 열려

줄줄이 늘어선 미류나무에 가린
작은 길 따라
홀로 걸어가는 사람,
나뭇가지에서 나뭇가지 사이로
낙엽처럼 떠도는 새

아아, 나도 떠나리라

안개 개이면
내 가슴의 풍경도 스러지고
미류나무 가려진 작은 길을 헤매이던 이도
멀리 멀리 가버렸으니

헌 의자

거기 부엿이 앉아있는 분이 당신입니까?

―의자는 비어 있습니다.

거기 부엿이 앉아있는 분이 당신입니까?

―의자는 이미 비어 있습니다.

오직 들 가운데 내가 있고 의자 하나이 놓여 있을 뿐 아무리 둘러보
아도 이 헌 의자에 앉을 사람이 없습니다.

비로소 이 헌 의자가 나에게 마련 되었습니다.

나는 이 헌 의자에 그림자처럼 앉습니다.

들 가득히 보이지도 않고 허물 수도 없는 절벽이 휩싸고 듭니다.

숲 속의 빈 터

숲 속의 작은 빈 터에 나비 하나가 날아왔습니다.

그 나비의 마음의 작은 빈 터에 또 다른 나비 하나가 날아왔습니다.

마음 안에서와 마음 밖에서 나비는 춤을 춥니다.

어둠 안에서와 어둠 밖에서 나비는 춤을 춥니다.

기쁨 안에서와 기쁨 밖에서 나비는 춤을 춥니다.

그 나비의 마음의 작은 빈 터에서 춤추던 나비가 홀연히 사라집니다.

나비도 혼자는 쓸쓸해서 더는 못 견디고 훨훨 날아갑니다.

숲 속의 작은 빈 터에는 아무것도 없습니다.

그저 비어있습니다.

초롱꽃

초롱꽃이 노 저어간다
하얀
가을 대낮

죽음 저쪽으로
저쪽으로
어디 있느냐
너는

하늘거리는
물 그림자같이

……

초롱꽃이 노 저어간다
어둠에 갇힌
바다 저쪽으로

타향

수수 밭을
농부처럼 헤쳐 온
바람이

부럭담 너머로 기웃이 우리집을
넘겨본다
'별고(別故) 없오?'

詩

미지의 형상으로
돌 속에 잠겨있는 너

나는 천년을 더 기다리리라
돌 속의 너의 형상이 익을 때까지

천년 후
조심스러이 나의 끌과 망치는
익은 너의 형상을 들어내리라

안개 속에서
산이 그 이마를 들어내듯

나의 가슴 속에 숨어 있다가
마알갛게 익은
상아빛 투명한 모습으로

조용한 법열같이
들어나는 너

그리움

불의 꽃
춤추는 돌
꽃바람

며눌아가 며눌아가 수국꽃나무
잎에 앉아 수국꽃으로 우산 쓴
쬐그만 며눌아가

불의 꽃
춤추는 돌
꽃바람

천지유전

1

바다가 꽃을 토한다
안개가 꽃을 토한다
아름답고 붉은 꽃을

꽃이 바다를 토한다
꽃이 안개를 토한다
넓고 넓은 꽃바다 위에
꽃안개가 돛을 달고
살같이 달린다

2

풀잎이 바람을 토한다
풀잎이 구름을 토한다
이마에 꽃을 단 구름이
바람을 밀고 간다
풀잎 끝을 밟으며

>

　　바람이 풀잎을 토한다.

　　구름이 풀잎을 토한다

　　바다같은 풀밭에

　　밤이 내리면

　　별을 보고 흐느끼는

　　풀잎의 노래

우는 돌

1
꿈을 깨어
어둠을 안고
돌아 눕는다

2
허공에
화살이 꽂힌다

피 흘리며 날아가는
송아지

달이 깨진다
창백한 꽃이 꽃끼리 비비고
재가 재끼리 비비고
그림자는 그림자끼리 비비며
사라진다

─허공을 건너가는
외마디 소리

3

하염없이 긴 해안선
텅 비어 있습니다
달밤입니다

내가 해안선을 따라 걸어갑니다
그림자도 없이 지워집니다
당신이 해안선을 따라 걸어갑니다
그림자도 없이 지워집니다

보세요
물무늬같이 허공에 새겨진
안쓰러운 우리의 숨결을

4

세상의 가으로
강물이 흐른다

그리운 사람아

5

허허한 들판에 바위 하나가 덩그렇게 놓여 있습니다
눈이 들 가득 내립니다
그밖에는 아무 일도 없습니다

6

살골짜기마다 자욱이 넘나드는 안개……
안개는 나의 詩입니다
안개는 나의 사랑입니다
안개는 나의 꿈입니다

안개는 산을 감싸고 산은 안개를 품어 안습니다
여릿여릿 산자락에 몸 비비는
안개의 몸짓은
그저 그럴 뿐인
사랑의 몸짓입니다

7
흘러가는
강을 보며 살아야지

흐르는 것 위에 흐르는 것을 띄워 보내고

하염없이 세월의 끝까지 흘러가는
강줄기 끝에
日 月이 흐르고

아아, 강 언저리에 피어 오른
저녁 노을

8
시간의 끝에 은빛으로 반짝이는
하얀 강이 있고
하얀 강 위에 한 점 허공같은 달이 떴습니다

나를 영원하게 하여주소서

9

바윗 속 단단한 밝음 속을
내 마리카락 하나로 노 저어가리

해도 없고 달도 없는
무주공간 바윗 속

머리카락 하나로 노 저어가리

10

돌 속의 바람
꽃바람
휘몰이로

돌 속의 강물
여울에
산그림자 부서지고

돌 속의 기러기떼
고향으로 간다

>

돌 속의 하얀 돛배
물살이 펴이고

돌 속의 저녁노을
노을에 잠기며
사그러지는
산 그늘

11

저의 울음소리를 들으십니까
암암한 시간의 그늘 어디에 당신은 계시어
이 음울하고 소리쳐도 소리 나지 않는
저의 울음소리를 들으십니까
아무리 발돋움하여 몸부림쳐도 닿지않는
그 어디 높은 곳에 계시어

*

애초 우리에게 내려주신 은총은
근원도 모를 슬픔뿐입니까

이 암암한 들녘에서
저는 설움에 겨워 웁니다, 소리도 없는 흐느낌을……
저의 슬픔은 바람결에 섞이어
겨울 들판을 흘러갑니다, 지향도 없이

      *

바람 찬
겨울밤
빈 들판에 누가 저렇게 가득히 깃대를 꽂아 놓았읍니까
어느 엄청난 슬픔이기에
어두운 밤 하늘 가득히 깃발을 올려야 합니까

      *

억만 시간을 슬픔에 겨워 흐느끼면
이 가슴 찢어지게 아픈 육신의 더러움이 씻어지고
당신의 영원도 와서 환히 비치는 해와 달이 되오리까

四季

1. 가을

새가
허공을 끊으며
날아간다

끊어져 흩어지던
허공이
다시
몰려들어 이가 물린다

새는
포물선을 그으며
허공을
끊는다

새는 허공을 끊고 끊고
또
끊는다

>
아무리 끊어도
다시
이가 물리는
허공

2. 겨울

바람이
허공을 채찍치며
지나간다

허공에 무늬지는
피 배인
채찍 자욱

다시
바람은
씽
씽

허공을
채찍치며
지나간다

허공의
하얀 살결 위에
수없이
감기는
채찍 자욱

3. 봄

나는
나의 소중한 애인의 흰 살결에
금빛 문신을 넣듯
허공을
손톱으로
그어 보았다

>
　허공은
　연두빛으로
　은은한 균열이 졌다
　―저 높이
　높은 데까지

4. 여름

　푸른 나무 밑을
　노곤한 사람들이
　걷기도 하고
　앉아있기도 한다

　흰 구름을 띄운
　푸른 하늘이
　그 무게에 눌려
　지상에까지 밀려 내려와
　푸른 나무 사이로 출렁인다

>
일순
지상은 푸른 바다
커다란 해초 사이를
느릿 느릿
물고기들이 헤엄치는

江山集

1

해가 진다

풀꽃이 눕고
어둠이 그 옆에
따라 눕는다

돌아가거라
돌아가거라

귓가에서 출렁이는
바닷물 소리

아
바람이 불어
가슴으로 밀려오는
바다

돌아가거라, 돌아가거라

>
어둠을 덮고
고개 숙이는
풀꽃 하나

2
어둠 위에
바람이 분다

바람에 묻어오는
늙은 여자의
흐느끼는 소리

돌아가거라
인생은 하염없이
깊고 아득한데
어둠 속
벼랑에 홀로 핀
작은 풀꽃

>
　　멀리서 환청처럼 들려오는
　　무언가 큰 것이
　　자꾸
　　무너지는 소리

　　돌아가거라
　　돌아가거라

　　　　　3
　　까욱
　　한 마리 까마귀가 떠 오른다

　　까욱 까욱
　　두 마리 까마귀가 떠 오른다

* 千祥炳 詩「小陵調」에 '생은 얼마나 깊은 것인가.'

>
까욱 까욱 까욱……
세 마리 천 마리 만 마리 까마귀가
떠 오른다

붉게 타는 저녁놀 속에
수만 마리 까마귀가 춤춘다

돌아가거라 돌아가거라
멀리 돌아가는
물소리 하나

4
부엉
부엉

밤을 길어올리는
부엉이 울음소리

밤을 밀고 오는 부엉이 울음소리

>
　인생은 하염없이
　깊고 아득한데

　아
　갈 길 멀어라

　뒷숲 어둠에 숨어서
　부엉이는 우누나

　돌아가거라
　돌아가거라

　5 가을에
　　ㅡ 시인 박지견 선생 회갑연에 읊다

　돌아가거라
　산이 속삭인다

>
온 길이 얼마냐
돌아갈 길이 아득하구나
돌아가거라 돌아가거라
강물이 속삭인다

저 푸른 하늘에 내 몸이 안긴들
내 울음이 삭으랴

손들어 누구를 부를 수도 없이
나는 너무 멀리 왔구나
멀리 왔구나

소리쳐 외쳐도 찾을 이 없는
찾을 이 없는
나는 너무 멀리 왔구나

돌아가거라
산이 속삭인다

>
　온 길이 얼마냐
　돌아갈 길이 아득하구나
　돌아가거라 돌아가거라
　강물이 속삭인다

　내 홀로
　빈 손 들고 외치노라
　강산아
　강산아……

山河
— 1981. 늦가을 휴전선을 다녀와서

1
인간들의 싸움질에
그 높이가 무너앉았다는
산을 지나며 생각노니

산마다에 아직도 피비린 이름을 붙여놓고
형제끼리 대적함이
언제면 다하리요

첩첩 쏠리는
산이 산을 부르고
강물이 강물을 불러
형제를 불러
형제를 불러

언제면 구름같이
우리도 이 산하를
치달으랴

2

여기는 소돔이 아니었으련만
더더구나 고모라도 아니었으련만
누구의 저주이더냐
인간의 손이
한 도시를 멸망시켜
어느 고댓적 도시의 폐허인 양
십리벌 시든 쑥잎에 묻힌
여기는 우체국 자리
저기를 공회당 자리
또 저기는 금융조합 자리……

아아
인간들아 어찌 이리 참혹하리오
누구로부터 받은 권세이기에
한 도시를 이렇게 쑥대밭으로 만들었뇨

가을바람 소소히 불어

골짜기마다 길따라
허옇게 쏠리는 억새꽃

흰옷 입은 육신의 절규같이
아직도 허위적이며 허위적이며
나에게 손짓하는
山河여
山河여

法은 사랑이니라

초겨울 밤 잎 진 나무숲 속을 거닐면서
기운 달과 달빛에 흐린 별을 보며

무법의 폭력이 할퀴고 간 자리에
'법있는 사회'를 만들자고
깃발을 세운 이들을 생각한다.

법은 이 세상 번뇌를 초월한 평화라고.

그러나 다시 하늘을 보매
저 무궁한 자연의 이법 아래
아아, 가을이 되면 시든 잎이 지듯이
시간의 덫에 갇힌 무상(無常)한 인간들이여.

이 세상 번뇌를 초월한 평화가 좋기는 하지만
저 시간의 덫에 갇힌 인간들의
미움과 다툼과 절망과 슬픔을 보매
절로 측은한 생각이 불같이 일어

법은 인간에 대한 사랑이라고.

\>

법은
다만 법률인 것만도 아니며
논리이며 체계뿐인 것도 아니며

법은
힘세고 실없는 바보가 말하듯이
'내가 法이다'도 아니며

법은
다만 인간끼리의 사랑이라고.

법은
미워하는 사람을 사랑하게 하고
다투는 사람을 용서하게 하고
절망하는 사람에게 희망을 갖게 하고
슬퍼하는 사람을 기뻐하게 하고

온유하고 참고
이웃을 믿으며 손 잡게 하는 것.

>

　　33년 전의 오늘

　　포연이 가시지않은 초겨울 폐허의 서울

　　을지로에서

　　'법있는 사회'를 만들자고

　　높이 깃발을 세운 이들을 생각하며

　　이 시간의 덫에 갇힌 무상한 인간들을 보면

　　절로 눈물이 나고

　　이 우주에 미만한 자연의 이법과 같이

　　법은 사랑이라고,

　　법은 사랑이라고……

* <법률신문> 창간33주년 기념축시로 1983. 12. 5 <법률신문>에 발표(법률신
　문은 1950. 12. 1. 창간되었다).
* '법있는 사회' : 창간사 중의 한 구절.
* 실없는 바보 : W.H.오든의 詩「法은 사랑처럼」에 나오는 말.

종소리
—농촌운동 지도자를 격려하기위하여(1983. 12. 9)

홀연히 들려오는 새벽 종소리
어둠을 깨치고
천 길 지심에서 울려오는
생명의 소리
무명의 깊은 잠을 깨우는
하늘 메아리

먹장구름 헤치고 빛이 쏟아지듯이
'너 어디서 왔느뇨
무엇 하느뇨
어디로 가느뇨'
깊은 곳 마음 문을
열고 들어와
나에게 속삭이는
저 종소리

누구이드뇨
모두 잠은 이른 새벽

홀로 깨어 일어나
나의 혼을 지켜주는 외로운 사람

홀로이 꿈을 털고 먼저 일어나
샛별 빛나는 새벽 하늘에
드높이 이상의 깃발 올리고
여명을 알리는 종을 치는 저 사람

그러면 우리도 돌아가리 고향으로
새벽이면 먼저 깨어 일어나
이웃을 밝히는 등불 되리
모두 잠든 이른 새벽
홀로이 꿈을 털고 먼저 일어나
새벽종을 울리는
외로운 사람 되리

(인문당, 1992)

제3시집

바퀴의 잠

序詩

우주 한 가운데
점을 찍으니
소멸하는 우뢰처럼 들리는 소리

부질없도다

아유 뭘 하세요
꽃이 폈잖아요
음양꽃이에요
받으세요

멀리 허공 중에
하늘 밑을 달려가는
돛단배 하나

自序

여기 모은 시들은 1984년 출간한 제 2시집 「새」 이후에 쓴 것들이다.

다만 시작품 「종달새」 이후에 모아놓은 것은 17세 무렵부터 쓴 구작들이다.

항상 마음은 시 쪽에 두면서도 간절함이 모자란 것 같아 죄송스럽다.

나의 시들은 말의 가락과 말의 아름다움에 자연스럽게 관심을 기울이는 편이고 의미는 나의 관심에 큰 비중을 차지하지 않는다.

독자께서 나의 시를 읽으실 때 의미보다는 아름다움이나 말의 가락이 주는 즐거움을 다소나마 느끼신다면 더 바랄 것이 없겠다.

이 시집이 나오도록 주선 해 주신 어느 선배시인께 감사를 올린다.

나에게 시심의 뿌리가 언제까지나 함께 하는 행복이 있기를 기원한다.

1922, 초봄에

金洞玄

* 그리고 312페이지 「풀잎의 노래」부터의 시편은 시선집 『섬』에 수록된 시편들임을 밝힙니다. 또한 맨 마지막 작품 「가을밤」은 어느 시집에도 수록되지 않은 유작임을 밝힙니다.(편집자 나태주)

무제

아름다운 것은 상처를 받고 싶어 한다

강변에서

1

낯선 강변에서
어둠과 마주 서다

강물은 어둠 속을
벗은 여인처럼 흐느끼며
흘러가는데

하류까지 떠내려간
지나간 시간이
아래서부터 허물어져
거슬러 오른다

허물어진 시간이
촉루같이 허연
숲을 이룬다

어둠 속에서
죽은 새가
허물어진 시간의 숲속을
날아간다

2

어둠 저편에서
너는
잠들지 못하고
어둠 이 편에서
나는
너를 보지 못한다

이제
밤은 더욱 깊어야 하리

외로움이 깊어서
어둠의 강 저 건너
너의 모습이 보일 때까지

억새꽃

제천에서 차를 타고
강백천의 대금 산조를 들으며
서울을 향하여 여주쯤 오다가
산비알에 흩어져 핀
억새꽃을 보았다

어허
저 허연 억새꽃

골골이 넘고
휘어지는
강백천이 대금 산조 어느 대목에
피었던가

중모리던가 진양조던가
아니면
자진모리 대목이던가

〉

허위적 허위적 살아온 인생도
한숨 돌리다 보면
어느덧 세월이 좋아
진양조도 한 고비 넘기고
중모리 중중모리 사오십 줄이구나

좋구나
당, 홍……

개펄 진펄 지나고
낙락장송 울울창창한
태산 준령 건듯 넘어

이제 숨가쁜
자진모리구나

당, 홍……

\>

　사람 한평생이
　산비알에 핀 억새꽃과 무엇이 다르랴만
　저 억새꽃이
　맑은 가을에도 더없이 푸른
　가을 천심의 한가운데를 노니는 듯

　가을바람에 흔들리고 있으니
　이제 강백천의 대금 산조도
　돌고 돌아

　진양조 중모리 중중모리 자진모리
　그 어느 대목에 내가 선들
　무엇이 걱정이랴

　이 가을
　천심의 억새꽃아

　좋구나
　당, 홍······

바람

풀밭 위의
바람 부는 모습이
원숙의 집을 기웃거리다가
조용히 문 열고 들어가는 몸짓이다

노여움을 증발시키고
남은 순수의 몸짓으로
가만히 손 잡고 얼굴을 부비는 몸짓이다

원숙도 몸 풀고 나도 몸 풀고
한바탕 웃는 몸짓이다
나즉나즉 귓속말을 주고받는 몸짓이다

노래

잠자는 중에만
바다는 깊어진다

꿈꾸면서도
바다는 쉬지 않고 깊어진다

깊어지면서 바다는
노래한다

잠꼬대처럼
기도처럼
바다는 노래한다

문신처럼 깊이 잠긴
바다의 노래가
흔들리면서

>
흔들리면서
잠자는 바다의 노래가
문신처럼

아름답게

숲속에서
배가 미끄러져 나왔다

환한 등불을 밝힌 배다

배는
멀리 있는 바다를 건너서 하늘을 간다

배에는 누가 탔는지 알 수 없다

혹은
내가 타고 있을지도 모른다

배에서
음악이 흘러나오는 듯도 하다

아주 품위있고
유유하게 미끄러져 가지만

>
　사실은
　아주 쏜살 같다

　어둠 속을
　환한 꽃 한 송이가 가는 것 같다

비애

여인이 누워 있다
빈 들판에 벌거벗은 채
비를 맞으며

여인은 노래한다
깊고 먼 데서
아련히 전해오는
속삭임처럼

아니 실은
여인은 울고 있다
누운 채로
언덕이 흐느끼듯이

바람에 섞인 비가
그대 우는 마음을 적시며 지나갈 때
벗은 여인이 혼자 풀밭에
누워 있다 먼 하늘 별빛 아래
언덕이 되어

어디선가

내가 눕는다
어디선가 바람이 따라 눕는다
꽃 옆에

내가 일어선다
어디선가 바람이 털고 일어선다
꽃은 아직 잠들어 있고

내가 걸어간다
어디선가 바람이 분다
꽃나무 사이로

내가 웃는다
어느 하늘에선가 새로 피는 한마당의 꽃밭
바람에 살랑대며

>
　　내가 운다
　　어느 하늘가
　　꽃밭에서
　　한 잎 꽃이 진다
　　바람도 없이

새

깊이 잠든 숲속에서
나는 홀로 잠들지 못하는
새

어둠의 골짜기를
날아서
날아서

어디에도 없는
너에게로
가야지

나의 소리 죽인 외마디 울음은
멀리 울려 가다가
어둠의 벽에 반사되어
다시 돌아와

외로운 내가
되돌아온 울음의
외로움을 안는다

\>

어디에도 없는
너

어둠의 벽 저머 너머
허공으로 남아있는
너

나는 나래를 접고
나의 꿈속 하늘로
무한 낙하
허무의 공간에
나를 던진다

나는 울지 않을 거야
나는 외롭지 않을 거야

포롱포롱 날아서
어둠의 문을 넘어서

>
　　포롱포롱 날아서
　　너의 잠을 넘어서

　　하얀 새가
　　꿈결 같이 날아간다

바다

어머니 날 낳으시고
앞마당에 나가서 보신 바다

고향 떠날 때 끈에 꿰어
허리에 차고 왔던 바다

서울 저자 거리에서
사람에 밀리다가
그만 잊어버렸습니다

그 바다 없이
허전하더니

달아 달아 밝은 달아
오늘 저녁
月숲에서 목욕하고 내려오는
바다를 보았습니다.

>
　어깨에 젖무덤에
　물기를 뚝뚝 흘리면서
　내려오는
　열아홉 살 먹은 바다를 보았습니다

　어머니
　날 안아주세요

* 어머니는 열아홉에 날 낳으시다.

저녁 들판에서

한 줄기 구름자락
붉은 빛 머금고
띠처럼 산을 넘었다

들 끝을 돌아온 노을 진 강물이
꿈결인 듯 소리없이
흘러가는데

안개같이 피어오르는
고향 생각에

그저 내게는
머언 해소 소리

섬 사이로
배가 흘러가고

>
　바다 한가운데
　해는 지는데

　붕긋이 바다 위에
　탑이 솟아오른다

겨울 엘레지

청동의 겨울 하늘에
지워지지 않는 그림자처럼
어리이는 얼굴

골목에서 골목으로 이어지는
가난한 그리움의 방황은
내 마음 안
낮은 세상으로
눈이 내리는데

뜻도 이유도 없이
다가오는 슬픔

문득
새파랗게 언 겨울바다 앞에
막막하게 서 있는 마음아

어쩔 수 없는 파도의 몸짓으로
너의 이름을 불러보랴

歸家

저녁
성산대교 빗긴 노을 속을
새가 날아간다

아마
인천에서 거슬러 올라온 갈매기들일 게다

눈여겨 보면
날으는 새마다
바다가 있는
서쪽을 향해서 날아간다

새는 여인의 품안으로 날아간다

이 저녁
내 귓가에도
노을에 풀려
바다 잔물결 소리 들려오고

>
어머니
나도 새가 되어
노을 속을 날아서
당신의 품으로 가요

* 성산대교 : 서울 한강 하류에 놓인 다리.
* 필자의 어머니는 1979년에 돌아가셨다.

할아버지의 돌

아침 출근길에
대문을 열고 나가보니
길 한가운데 커다란
돌이 놓여 있다

크기로 보건대
내 고향 제방 수문 위에는
대문 이빨같이 똑같은 크기의
쌀가마니만한 돌이 두 개 놓여 있고

그 돌은
옛날 왜정 때 우리 할아버지와
왕장군이라는 별명의 동네 힘장사가
힘자랑하면서 짊어져다 놓았다는 것
그 돌만한 것이니

또 어젯밤에는 어느 분이
밤새 심심하여 힘 자랑으로
이 도시의 한복판에
이 돌을 어디서 옮겨 온 것인가

>
　드문드문 황토도 묻은 것이
　어느 산골짜기 진달래 향내도
　묻어나는 듯하니

　문득
　내가 사는 인생의 층계는
　어디쯤이며
　이 돌은 몇 옥타브 아래서
　건져 올려진 것일까

　하루하루 우리들 영혼이
　어느 옥타브의 음계를 힘겹게
　오르내리다가 기진하여

　어느날 퇴근하여 돌아와보니
　길 가운데 놓여 있던 돌이 꿈결같이
　제 난 곳으로 돌아간 듯 사라져
　나 또한 그와같이
　옥타브 음계도 아니고 백지 위도

아니고 무주공간도 아니고
그 어디에 놓여질 것인가

산너머 내 건너
누군가 잘못 세워놓은 낫을 밟아
발바닥이 쪼개져도 식구들 호구에
돌을 지고 가시는 우리 할아버지

할아버지……
이제 돌을 내려놓으세요

그러나 할아버지는 말없이 돌을 지고
아스라히 걸어가신다

(얘야 이 돌을 내려놓으면
네 눈에 내가 안 보여……)

詩

나무숲에서 바람이 노니는 모습을
나는
어둠 속의 깊은 샘에서 애써 물을 긷듯이
그려 보았다

바람과 흰옷 입은 이들의 소리 없는 원무

열기 없는 서늘한 불꽃 속으로
날개를 적시며 날아가는 새

나뭇잎을 타고 날아가는 작은 아기

그런 것은
간신히 변죽을 울렸다고 생각할 때

나의 말들은
밑으로부터 虛無로 가라앉는다

원가

내게
울음만 남게 하소서

울다 울다 남은 앙상한
울음의 뼈가
허공에 거꾸러져 박혀
천년 만년
울음의 뼈도 삭아지거든

거기 허공만 남게
하소서

하얗게 바랜
허공만 남게 하소서

言弄

물구비
산자락
산자락 아래
꽃송이

가슴까지 차오른 바다
꽃송이가 금을 그으며 떠간다

뽀오얀 봄하늘에도
손톱으로
금을 긋고
바다까지 가서
바다에 스며든다

바다 속에서 환한
꽃송이
산자락
물구비

\>

여보세요

나에요

무제

비가 옵니다
양철지붕에도
마당에도

온 우주에 빗소리가 가득합니다

문득
비 오는 소리가

외롭다 외롭다
금시 소멸하는
외마디 소리를 지릅니다

아무 데나 내던져지는
빗방울이듯이

아아,
이름 없는 야산자락에 와서
문득 내던져진
빗방울이듯이

바다

오라, 파도여
아득히 지나가버린
시간의 자락을 펄럭이며

오라, 파도여
먼 후일에 다가올 시간의 자락을 펄럭이며

오라, 파도여
네 옷자락으로 내 무덤을 덮으리

오라, 파도여
저녁노을 지는데
내 지나간 유년과
다가올 노년의
세월의 자락이 바람같이 뒤섞이며
스쳐가도다

>

오라,

파도여

오라, 파도여

바다 변주곡

꽃을 따세요
꽃그늘 밑에
출렁이는 바다를
담으세요

꽃바구니를
주세요
꽃바구니 가득히
바다도 담아 주세요

꽃 사세요
꽃 사세요

누가
노래처럼 외칩니다

북을 치면서
외칩니다

>
　한 번 치면
　바다가 열리고

　또 한 번 쳐도
　바다가 열리고

　세번째 치면
　꽃처럼 또 바다가 열리고

　꽃바구니
　꽃바다

　바다 가운데서
　신명나게 북을 치는
　어머니

　춤추면서 신명나게
　북 치는 하얀
　어머니

어디를 가나요

다리를 건넙니다

천상의 꼭지까지 열린
다리를 건넙니다

다리 끝에는
도라지꽃 같은
집이 있고

다리를 건넙니다

도라지꽃 모가지 같은
다리를
아슬히 건너서

어디를 가나요

>

은하수 건너서
어디를 가나요

어머니 찾아서
어디를 가나요

솔바람 소리

세상에 제일 바보같은 악사가
세상에 없는 제일 아름다운 소리를 내려 합니다
터무니없는 소리, 이 바보야
세상에 없는 소리는 세상에 없는 소리

바람소리 솔소리
아아, 바람소리 솔소리
터무니없는 소리, 이 바보야
바람소리는 바람소리, 솔소리는 솔소리

바보 악사는 죽기로 했습니다
죽어서 솔밭에서 노니는 바람 속으로 스며들었습니다
그래서 바보는 아름다움보다 더 아름다운 소리를 냅니다
가장 그윽한 데서 와서 가장 그윽한 데로 이끄는

꽃과 그림자

꽃과 그림자

어디 갔는데?

섬이
코스모스 꽃밭에
숨었다

엄마
나 여기 있어요

꽃과 그림자
나 여기 있어요

누가 세상에다
붉은 줄을 길게 그리고 간다

새벽

멀리서
새 우는 소리 들린다

죽음 한복판에서
우는 소리

어둠이 찢어지고
방울방울 핏물이 드는
새벽을 여는 소리

삶은
천둥같이 무거운데

5월

커다란 구름 한 덩어리가
낮은 음성으로
가갸 거겨 고교 구규……
읊조리며
하늘을 달려 갑니다

바람이 보리밭을 밀고
큰 목소리로
아야 어여 오요 우유……
읊조리며
구름 따라 달려갑니다

중년의 문둥이 사나이가
허리춤을 움켜쥐고
하햐 허혀 호효 후휴……
읊조리며
바람 따라 절뚝절뚝
달려갑니다

소리

새 소리에 눈을 뜨니
삽날이 돌에 부딪치는 소리인지
경쾌한 쇳소리가 아련히 들린다

누가
봄 정원을 꾸미는 것일까

오늘 같은 아침은
쇳소리마저 금은의 소리처럼
맑기만 하다

문 열고 뜰에 나서니
해가 한 발은 떠 오르고
아련하게 수놓은 가락지처럼
햇무리가 어렸다

혹은
문득 아까의 그 쇳소리는
저 햇무리에게서 울려 온 것일까

>
　　하늘의
　　금은 세공장이가 두드리는
　　아주 예쁘고 작은 망치소리일 듯도 하고

　　혹은
　　하늘 정원을 꾸미는 사람의
　　삽날이 돌에 부딪치는 소리일 듯도 하고

　　그런 소리가
　　땅에선 듯 하늘에선 듯
　　연방 내 귀에 들려오고 있으니

저녁때

마른 개울 건너
빈 나뭇가지 위에
새가 몇 마리

가지에서 가지로
조금씩
옮겨 앉는다

조금 멀어서 그런지
새 우는 소리
들리지 않는다

산자락에
지다 만
날빛이 걸렸다

눈이 몇 송이
생각 난 듯이
내렸다

바퀴의 잠

한낮에
바퀴가
잠든다

굴러가면서
잠든다

빨리 구를수록
빨리 잠든다

바퀴살에
감기는 바다

바퀴가
굴러간다

굴러가면서
잠든다

>

빨리 구를수록
빨리 잠든다

자꾸 낮은 곳으로
굴러간다

굴러가면서
잠든다

밤

밤은
한 없이 깊게 가라앉는
넓디 넓은
제기접시다

불을 끄고 누우면
나는 어쩔 수 없이
제기접시 한 구석에 놓인
향그런 과일이다

누구에게 나의 몸을 제물로
제사 올릴까

멀리 하늘 끝에서
돛단배가 불을 켜고
살같이 달려 온다

밤은
점점 바다 아래로 가라앉는다

설날 아침

아내와 둘이서
어린 것들의 세배를 받는다

까닭 없는 외로움이
큰 산같이
앞을 가로막는다

비켜 갈 수가 없다

고개 숙이고
손금을 따라 한참을 걸어가면
강기슭 모롱이 초가집

거기 내가 있어

강물은
슬픔이란 슬픔으로 다 떠올라
물무늬져 흘러흘러 큰 바다로 가누나

>
　　하늘을 우러르면
　　우주는 빈 항아리 속 같고

　　저만큼 홀로 떨어져 날아가는
　　들기러기 한 마리

바다의 잠 · 1

내 늑골 위에
배가 좌초되어
누워 있다

늑골 사이로
밀물이 스며든다

멀리 육지에서는
오지 못하는 강물이
하얗게 운다

그런 밤에 바다는
스스로 깊어진다

달이 뜨는 밤에도
바다는 깊어진다

폐선의 용골이
문신처럼 일렁이는
바다 가장 깊은 곳

>

밤만 되면
웅얼웅얼
알 수 없는 노래가
울려 온다

바다의 잠 · 2

바다가 한낮에
스스로 깊어간다

어머니
바다 가운데
하얗게 서 계시는
어머니

하늘에서
종이 울리는데

어머니
바다 가운데
하얗게 웃으시는
어머니

버들가지 흔들며
노래하는 어머니

\>
　바다가 한낮에
　스스로 깊어간다

환생 · 1

내 누님은 바다에 있다

백설같이 희고
옥같이 투명한 누님이다

누님은 파도 위를 걸어간다
달밤에만 걸어간다

바다 밑에서는 해류에 씻긴
해맑은 뼈 하나
피리를 불어댄다

누님의 발걸음은
산들바람보다 가볍고
누님의 웃음은
그믐달보다 깨끗하다

누님은 땅에서 죽어
바다에서 되살아났다

>
시월 그믐께
파도가 은가루 쪼개듯 하는 밤
꽃처럼 되살아났다

환생 · 2

하얀 대낮에
서울의 하늘 위를
하얗게 넘실대는 해류

— 회개하라
독사의 자식들아

땅에서 죽은 사나이
서울의 하늘 위를 걸어간다
파도를 밟고

— 내 피로 너희 죄를 씻으리니

그의 구멍 뚫린 손바닥에서
방울방울 피가 떨어져
바다 위에 뿌려진다

>
　　땅에서 죽은 나
　　핏빛 해류에 손을 잠그니
　　물너울이 혈관을 타고 들어와
　　내 안에 바다가 되었다

　　바다로 가자
　　바다로 가자

환생 · 3

날아라 새야
날아라 새야

땅에서 죽은 나
바다에 가서 다시 살아나리

살아나 새가 되어
영영 고향에 가리
고향 가리

날아라 새야
날아라 새야

섬 · 1

비가 오면 가세나
눈이 오면 가세나
바다 보러 가세나

나직하게 노래하는
섬 하나
어디를 가나

서슬 푸른 칼 하나 비껴 들고서
어디를 가나

외지고 외진 먼 하늘 끝
어둠 속 칼을 들고
춤추고 싶어서
혼자서 가나

비가 오면 가세나
눈이 오면 가세나
바다 보러 가세나

섬 · 2

먼 하늘에서
섬이
파도에 밀려 왔습니다

어깨에는 실오라기만한
수평선이
걸쳐 있었습니다

바닷가에 여인이
지쳐서
잠들어 있습니다

새 한 마리
천연스럽게
잠든 여인의 꿈속 바다를
날아 갑니다

꿈속엔 하얀 파도에
섬이
밀려 갑니다

섬·3

어둠을 향해
떠날까 해

오늘부터 탑을 쌓기로 했어요

빛으로 쌓는 탑이에요

어둠을 향해
떠날까 해

빛 속을 빛의 탑이
노저어 가요

하나도 흔들리지 않고
빛 속을
하얀 섬에 떠 가네요

어둠을 향해
떠날까 해

섬 · 4

달이 조그만 섬을 먹었습니다

섬이 조그만 달을 먹었습니다

달과 섬이 두 개입니다

달과 바다가 세 개입니다

달과 섬이 하나입니다

달을 먹은 섬이
바다 위를 떠 갑니다

나는 아기를 뱄어요

나는 자유로워요

섬을 노래하고

달을 한 개
더 먹었습니다

섬 · 5

하얀 햇볕살 아래
바다가 옷을 벗는다

보오얀 젖무덤 사이로
노저어 가는
작은 섬

해안에 누워있는
사자가 다섯 마리

한 놈은 하느님 같이 수심에 잠기고
한 놈은 선장 같이 하늘을 우러르고
두 놈은 지쳐서 머무는 섬
뒤돌아 누운 놈은 멀리 떠가는 섬이다

옷을 벗는 바다
해를 보고 웃는 사자들

나는 어둠을 향해
떠날까 해

섬 · 6

바다를 잠재워
업고 오너라

파돌랑 양떼처럼
우리에 몰아넣고

하얀 섬이
헛간 한귀퉁이에서 쪼그리고
예수처럼
잠들어

안녕 안녕
하느님

바다를 업고
언덕을 넘어오시는
하느님
안녕

섬·7

아도 부르면
출렁이는 강물이 가까이 오고

또 한 번 아도 부르면
청댓잎 사이로 떠 가는 섬

아도 아도 부르면
수평선이 밀려오고 밀려오고

또 한 번 아도 아도 부르면
내 젖가슴께로 차오르는 바다

아도 부르면
수평선 저 너머에
떠 있는 작은 섬

섬 · 8

입동 무렵
땅거미 지는
빈 들판 벗은 나무 사이로
사람이 걸어갑니다

새 한 마리
홀연히 날아와
사람의 눈동자 속으로
날아갑니다

울지 않는
새

그 사람 빈 속
무한천공을
혼자 날다가
날다가

>

이제는
날개도 굳고
소리도 내지 않는
섬으로
떠돕니다

섬 · 9

어느 날 아침
철망을 친 호송차 앞에
부동자세로 서 있는
내 막내동생보다도 더 어린
전경의 가슴에
종달새 한 마리를 안겨 주었네.

그 어린 전경은 어쩔 줄 모르다가
종달새를 안고
철망으로 창을 가린
호송차 안으로 숨어 버렸네.

종달새는 호송차 안 전경의 가슴에서도
쉬지 않고 청아하게 울고
그럴 때마다 전경은
창문에 붙인 철망의 철사를
한 오라기씩 뽑아 내었네.

>
　　이윽고 한 창문의 철망이
　　모두 뽑히자
　　그 어린 전경은 가슴에 안았던
　　종달새를
　　하늘을 향해
　　창밖으로 날려보냈네.

　　하늘엔 하염없는 바다가
　　넘실대고
　　구름이 가고 해가 가고

　　"이 미친 자식
　　왜 이 따위 짓을 했어"
　　속절없이 얼굴에 주름살만 가득한
　　늙은 경감 아저씨가
　　어린 전경의 따귀를 올려치며
　　소리쳐도

하늘 위에는 맑은 바람과 해류가 흐르고
그 바람과 해류 속을
방금 나이 어린 전경이 날려보낸
종달새가
청아하게 노래하는 섬이 되어
떠돌 뿐이네.

섬 · 10

노래는 철조망에 가둘 수 없다
다만
저 드넓은 창공을 흐르다가
바다에 내려와
아무도 몰래
고독한 섬이 되어
홀로
떠돌 뿐이다

섬 · 11

부옇게 내리는 이슬비에 잠겨서
섬이
나직하고 어두운 노래를 부른다

나는 오늘 탈옥하기로 했어요

참말 이렇게 멋 없고 시시한 나라가
어디 있어요

나는 멀고 먼 바다를 건너가서
예쁜 나라를 만들 거에요

꽃으로 만든 예쁜 감옥 하나도 지어 놓고요

헌법 제1조는 탈옥의 자유를 적어놓고요

거기서는 나는 방황하지 않을 거에요
왜냐구요
투명한 닻을 바다 깊숙히 내렸으니까요

섬 · 12

그리운 마음 하나 지나가네
엄마
그리운 마음 하나 지나가네

하얀 바닷새 한 마리
천연스럽게 날아와
잠든 섬의
젖무덤 사이를
걸어 갑니다

종달새

새벽 꿈결에 보릿골을 달리며
지상에 반사하는 기도의 소리.

종달이 母音이 닿는 자리마다
한 개씩 움트는 초록 싹이여.

少年

강으로 가는 어느 먼 길가 나무 밑에서
나의 부인은 나를 기다릴 것이다.

두 폭의 바람이 소리 없이 섞여지는 곳
딴 세상 복사밭의 봄물결인 듯
나의 부인은 깊은 우물에서
銀두레박을 자아 올리듯
나를 기다릴 것이다.

한없이 서러운 밤 안개는 비가 되어
근심 속에 몰아가고
들녘 끝에서 길 잃고 서성일 때

오오 떨어지는 빗물이 샘물에 입맞추 듯
나의 貴婦人은
나를 기다릴 것이다.

대화

강변에서 한 농부가 컥컥 땅을 파고 있었다.
강물은 쉬임없이 맑은 가락으로 흘러내리고
강 맞은편 사태진 낭떠러지 위에 막 만상을 덮기 시작한 석양빛을 등
지고
한 사내가 마치 땅에서나 솟은 듯 쭈그리고 앉았다.

땅을 파던 농부는 허리를 펴고 서서
강 건너 사태진 낭떠러지 위의 사내를 건너다 본다.
두 사람은 한동안 말이 없었다.
그저 잠잠히 가라앉은 맑은 기운이 신령스럽게 감돌고
그들 머리 위로 구름이 서로 몸을 부비듯 서에서 동으로 흘러갈 뿐이
었다

산은 그 갈라진 골짜구니에 노니는 한 떼의 흰 양을 안고 있었다.

月夜

달이 오르면
밤은 숲속으로 가 쭈그리고 앉는다.

벌[野]은 공허―멀리 내[川]가 있고
지구는 연방 그 내를 횡단한다.
달빛은 거기서 비수로 번쩍인다.
어디서 날아온 나비 한 마리
웃음을 머금었는데.

강철을 조형하는 베르나르 뷔페―는
언제 끝날려고
아직도 서투른 저 곡예.

달이 찰수록 지친 나비의 춤
밤은 숲속에서 컥컥 각혈을 뱉어낸다.

―달이 지는데.

가을비

— 朴木月 先生 韻

창밖엔 가득한 가을비
누가 서 있다, 어스름 속에
비를 맞으며

마당까지 굴러들어 온 낙엽
시든 꽃대궁이가 비에 젖는다
바람에 쏼쏼 흔들리는 나뭇가지들
누가 서 있다, 그림자 같이
한쪽 어깨는 비를 맞으며

창을 열면 빈 마당뿐
구르는 낙엽
바람에 흔들리는 나뭇가지들

창밖엔 가득히 내리는 가을비
한 사나이가 걸어간다, 어스름 속에
그 느슨하고 수심겨운 사나이
삭은 그림자처럼

당신은

어둠 가운데 앉으면 천 년을 눈 감았던 것들이 내 마음 한 귀퉁이에 서부터 어둠을 밀어내고 자리를 잡는다(이것들은 오랫동안 나와는 친할 수 없었던 그 무엇이었는데) 그리고 서서히 불을 밝히고 그것들을 서로 머뭇거리며 이야기를 시작한다 수줍게, 천년을 잊어먹은 친구에게 근심스럽게 말을 붙이듯, 그것은 그렇다 서서히 조용하면서도 현란한 불꽃의 춤인양 아니면 밝은 꽃밭의 꽃들이 한꺼번에 흐드러지게 잔치라도 벌이듯 무언가 빛을 뿜으며…… 그리고 당신께서도 따스한 얼굴을 하고 내 안에 자리하시고 그것들을 지켜보신다 허나 그것들은 당신을 보지 못한다 그래도 당신은 당신을 나타내려 하시지 않는다 그저 당신은 그것들의 안에 불을 밝히고 나누어 계실 뿐이다.

至善한 결혼을 위한 기도

당신이 마련하신 낮은 자리에
우리 둘이는 하나로 만났습니다
더욱 낮은 자리이게 하소서

이제
청춘의 방황을 지내어서
뜨거운 열은 당신이 거둬주시고
지순하디 지순한 서늘함이게 하소서

더러는 모진 광풍을 주시되
우리 둘이 더할 수 없는 위로가 되게 하시고
진리이신 당신에의 믿음을 굳게 하여
밤 자면 잔잔해질 바다를 기다림이
넉넉하게 하소서

>
저희들 생은 성실을 지팡이로 삼겠습니다
아무리 거센 여울목이라도
우리의 흐름이 당신을 거역하는 물결이지 않도록
인내를 마련하여 주시고
항상 저희들을 쉬임없이 다스리는
잔잔한 가락을 주옵소서

하여
더 없이 낮은 자리에서 우리의 생을 다하는 날
바다 끝이 하늘에 대이듯이
당신의 영원으로 맞아주소서

제비에게

들밭에 곡식들이 가뭄에 다 탄다는
첫여름 도시 변두리
내 집에 찾아 온 제비 한 쌍
어디서 집 짓다 헐리고 쫓겨 왔을까
매정한 인심에 쫓긴 건지
아니면 네 게으름을 탓해얄지

대청 매끄러운 내장용 베니어판에
네 조그만 입부리들이 어렵게 붙여놓은 흙이 떨어지고
떨어지기 몇 번
겨우 잔약한 집을 하나 얽고 암놈이 들어앉았구나

눈물 겨운지고
네가 집 지을 초가집도 없더냐
백수건달로 떠돌다가
늦게사 도시 변두리에서 어르대는 내가 네 꼴이구나
가만 있거라
언제쯤은 내 살고 싶은 시골 가서 초가집 지을 테니
그 땔랑 새끼 손자 데리고 와
주렁주렁 집짓고 살아라

비오는 簡易驛에서

이렇게 하염없이 비가 내리시는 날
어느 野山 자락에 내 차지 흙내나는 草家三間 있었음 좋겠다

이렇게 비가 하염없이 내리시는 날
아내와 할 일 없이 구들을 달구고 민화투 한 판 쳤음 좋겠다

건너 마을엔 흐느히 비에 젖어
분홍 살구꽃 피노라고
아내 얼굴이라도 어루만져 주었음 좋겠다

이렇게 비가 줄줄줄 내리시는 날
아내와 마주 앉아 할 일 없이 눈웃음이라도 건넸음 좋겠다

눈길

바닷가 어디에는
해당화 피고 지고

선너머 어딜랑 살구꽃 피고 지고
이쁜 처녀애들 꽃잎을 줍고 지고

무릉도원 가는 길에는 눈이 내리겠지
눈이 내리겠지

꽃잎의 몸짓으로
하늘 뿌리에서 흔들리며 눈이 내려라

푸짐히 내리는 눈발 속에
세상이 살살 흔들리며
승천한다

이 먼지 낀 도시로 온통 흔들리며
눈을 따라 승천한다
흔들리는 불빛에 싸여, 눈속에 피어난 꽃밭에 싸여

>
　가자, 가자 우리도
　빗자루 들고 눈 쓸며

　옥문관 열려겠다, 무릉도원 들어가자
　무릉도원 가자
　새로 피는 도화꽃 구경 가자
　떨어지는 도화꽃잎 몸으로 받으러

꿈

간밤 꿈에 영조대왕이 서양말로 시조 두 수를 읊고 가셨네
열아홉 살내기 처녀 총각의 사랑 그림자가 닿으면
에집트 신전 돌기둥도 스르르 둘로 갈라진다는.

江天寺

강 건너 하늘 아래
안개 위에 뜬 절
부처님
다문 입술 위로 흘러가는 배

옛애기

옛날 옛적 홀어머니에게 효성이 지극한 내외가 있었다 어느 핸가 흉년이 몹시 들어 그집 며느리, 이제 됫박들고 쌀 꾸러 갈 집도 없이 된 구름 끼는 어느 겨울날 저녁 삽짝문 앞에 어느 부잣집 개가 생쌀 먹고 싸놓은 설사똥을 긁어다가 아홉 번 씻어 밥을 지어 장독대에 놓고 "벼락대신님 지가 한 숟갈 먹고 어머님께 드리겠사오니 지발 이 모진 목숨에게 벼락일랑 내리지 마옵소서" 눈물로 빌고 홀어머께 봉양했다

그 며느리 밤새 뜬눈으로 밝히고 마당에 나와 보니 마당 가운데 소복하게 눈에 덮힌 것이 있어 헤쳐보니 누가 갔다 놓았는지 쌀 세 가마였다

식량이 떨어진 겨울 어버이 섬기기는 사립문 밖 부잣집 개
설사똥이라도 씻어서 밥지어 봉양하는 효성을
우리의 가난할 적 눈물같이
되생각해보게

한 치 풀 이파리 같은 모진 목숨
하늘의 벼락이 무섭기야 하리만
어이 하리
어버이 굶기는 설움을 어찌 이기리

>

겨울 눈이라도 내리실려는지
마른 번개 번쩍이는 하늘을 처다보는
눈물 메마른 며느리의
그 설움의 깊이를 하늘의 벼락대신인들
못 헤아리실까나

마른 벼락 어찌 내리리
그 효성에 벼락대신님 뒷머리가 찡해
쌀 세 가마를 내리시지 않고는 못 배겼으리

달빛과 새

1

하늘이 꺼밋하다
먼 산 하늘이 끼울며 작은 새 하나
팔랑거리며 하늘한 그림자같이 날은다
　　＜자지러질 듯 종달이 울음소리＞

2

달빛이 직진하는 맑은 뜰
으능닢 하나
　　　―아아 낙엽은 떨어지구
　　　　저 차디찬 달빛……
수없이 떨어지는 으능닢
속에
　　회오리가 인다, 달빛 감고
　　낙엽을 휘몰아 인형을
　　맴돌고 오른다
　　　깜박 사라지는 인형
　　　―아, 장난두……
　　　　난 울고 싶은데
　　　＜허탈하게 웃는 소녀의 웃음＞

빨리듯
맴
　돌
　　며
꺼 ·
진 ·
다 ·

3
—새야 새야 파랑새야
　녹두밭에 앉지 마라
빈 해수욕장
가늘게 그림자를 끄을고 가는
소녀
　　　—아버지 · · ·
　　　　<바다 기슭으로 메아리 진다
　　　　꼬리를 물고>
꺼밋한 하늘에
종달이 그림자
팔랑거린다

4

　　─흰 달빛 아래였는데……
　　　　＜남자의 목소리＞
　　─10월 어느날
　　　사과는 붉게 익어 윤나고
　　　　＜여자의 목소리＞
　　─우리는 사랑했어
　　　　＜남자의 목소리 뒤이어 여자의 목소리＞
　　─아아 모든 것
　　　모든 것 자유로웠어
꺼밋한 하늘 귀퉁이
작은 점 자꾸 커지며 한 마리
팔랑거리는 종달이
그것의 낭랑한 울음
　　　● 기인 천둥소리
　　　화면이 산산히 깨진다
　　─아으
　　　＜짧은 여인의 비명＞

5

줄줄이 늘어선 나목 사이
흰 달빛이 얼룩진다
        ─우린 외로웠어……
        ─며칠 후 며칠 후
          요단강 건너가 만나리

6

마알간 뜰 위에
싸늘한 새의 시체
소녀의 그림자가 화면에
천천히 겹친다
        머얼리…… 가까이
새의 시체를 가슴에
     품는다
   ─오 솔레미오

7

마알간 하늘에 한 마리
종달이
팔랑거린다
        <모든 것 죽음은 오오 죽음은
        자유롭고 애리운 것>
        어린이가 보았네
        들에 핀 장미화
        (코러스 넓게 울려 나가며
        막이 아문다)

풀잎의 노래

새가 웁니다.
저 새는 내가 못 다 운 울음을 웁니다.
아침에도 울고 저녁에도 웁니다.
울음은 한 잎씩 꽃이파리가 되어
바다에 내립니다.

새가 웁니다.
저 새는 억만 시간을 못 다 운 울음을 웁니다.
나의 울음만도 아니요, 당신만의 울음도 아닙니다.
울음은 한 잎씩 꽃이파리가 되어
고요히 고요히
가장 깊은 심연의 바다까지 가라앉습니다.

으랏챠

어느 날 아침
갑자기
나는 우주의 미아가 되었다

으랏챠
나는 몸을 날려
그대의 자궁 속으로 뛰어든다

빛의 속도로
떨어지는
무한 낙하

아니, 어쩌면
빛의 속도로
당신을 향하는
무한 승천일지 모른다

삼천 오백만 광년 후
도달한 블랙홀

>
깜깜한 절망이다
아니야
그 실은
극한 광명의 환희

그리고
나는 소멸한다

낙화유수

그대가
1300억 광년 저쪽에서
나에게 보낸 꽃을
오늘 받았다

왜 그랬어요
왜 그랬어요
말 좀 해봐요

고목나무 등걸에
몸을 기대듯이

그대의 목소리가
잔물결처럼
나에게 온다

큰 꽃이파리 하나가
축복처럼
하늘을 노저어 간다

>
나는 그대의 이름을
알 수 없고
그대의 얼굴
하늘 어디에 숨었는지
찾을 길 없다

오
무량함이여
오묘함이여

오늘 나는 꽃을
보내리라
1300억 광년 저쪽에 있는
그대에게

낙하

이른 아침
홀로
풀밭에서
무심히 던진 돌이

포물선을 그리며 날아가다가
툭
떨어져 땅에 안긴다

은은한 우뢰처럼
떨어져 내리는
투욱
소리에 가슴이 철렁 내려앉는
놀라움

삶의 기쁨과 슬픔의 잔치가
한데 어우러져
무지개처럼 포물선을 그리다가

\>

익은 과일이
땅에 안기듯

홀로
풀밭에서
하늘을 향하여 던진
돌이
포물선을 그리다가

무심히 내 가슴에
떨어져 내린다
투욱
소리를 내며

나

— 자화상

어제와 오늘 사이를 걸어가다가
허공에 걸린
산을 만났습니다

인왕이나 도봉같이
고운 솔숲으로 옷 입은
선풍도골처럼
희게 빛나는
산의 이마를 보면서

오늘과 내일 사이를 걸어가다가
문득 허공 중에 혼자 서 있는
나를 만났습니다

유성처럼 빛나는
시간이 다가왔다가
가고

\>

동으로 가도
서로 가도
남으로, 북으로 가도
갈 수 없는 곳

막막한 절망 속에
하염없이 먼
당신의 별이 떠오르고

광대무변한
하늘가에서

생각난 듯
외마디
새 울음소리 들려옵니다

강변에서

천천히 천천히 천천히 천천히
천천히 천천히 천천히……

밤새 흐르는 강물에
강원도 심심산골 나뭇꾼
나무 찍는 소리 떠내려 온다

밤새 흐르는 강물에
영월 주천 사자산 법흥사
33타 저녁 종소리
떠내려 온다

밤새 흐르는 강물에
고은님 여의옵고 왕방연의
시조 한 수 떠내려 온다

밤새 흐르는 강물에
노산군 사약받고 죽어 소쩍새 되었네

>

피뱉어 삼키며
잦아지는 울음소리
떠내려 온다

밤새 흐르는 강물에
장돌뱅이 허생원 업고가는 동이
봉평 메밀밭길 달빛이 이슬젖어
떠내려 온다

날이 새면
웃음과 눈물과 슬픔과 원망이
한판 꿈을 깨어

강물은 그저
천년을 없는 듯이
모든 물상을 품어 안고
깊이 모를 무심으로
흘러가는구나

>
　천천히 천천히 천천히 천천히
　천천히 천천히 천천히……

*여주 남한강변에서 읊다.

난초

— 쉰 여섯

흰 눈밭에
푸른 잎을 칼 같이 세우고
버티던 산 난초

3, 4월 새 난초잎 오르자
비로소 시들던 묵은 잎의
인내가

쉰 다섯에 돌아가신
어머니보다 한 살 더 먹은

쉰 여섯에
비로소 알았네

저 묵은 난초 잎이
흰 눈밭에서 견디던
서슬 푸른 모정을

온갖 환난에도
세상살이 무거운 줄 모르고
여기까지 왔구나

시집 간 딸 아이
등에 엎혀온 외손녀
보듬어 안고

별나게 세상 더 살 욕심도
없고
시들 일 하나뿐인
나이 쉰혼 여섯에

너희들이 이 세상
새 난초 잎이듯이

이제 나는
늙은 난초잎인양 두 팔 벌려

흙땅 끌어안고 돌아가도
괜찮은
큰사랑 할 나이라고

꿈

샘가에서 나는 우연히 한 소녀를 만났다
그녀는 나의 배다른 고모의 딸의 얼굴을 하고
야생의 새끼짐승같이
벗은 몸이 햇볕에 그슬려 피부는 까아만 수피(樹皮) 같았다

나도 벗고 있기야 했지만
아직은 부끄러움을 이기지 못한
하얀 피부인 채였다
그녀는 아마 그의 친구 소녀와 함께
따가운 햇볕 아래 들짐승 떼 같이 바람처럼 쏘다니다 왔으리라

나는 그녀를 이끌고 샘 속으로 들어갔다
이것은 말하자면 야외목욕통 같은 것이어서
둘레는 돌로 쌓고
물의 깊이로 내려가는 계단 같은 것도 만들어진 것이었다
그리고 그것은 20여 년 전에 돌아가신 할아버지가 파 놓으신 것이었
는데
물은 맑고 바닥이 환히 보였다

>
　나는 그녀와 샘으로 들어가서
　그녀의 등을 밀기 시작했다
　그녀의 까만 피부에 물을 끼얹으며
　나는 샘물을 조금씩 더럽히고 있었다
　그런데 참 부끄러운 일이 생겼다

　나의 남근이 서서히 일어섰다
　수피 같은 까만 피부를 가진 조그만 들짐승 같은
　이 소녀에겐
　참말로 나는 성욕 같은 건 전현 없었지만
　하나의 습관일까

　아직은 부끄러움을 이기지 못한
　하얀 피부와
　이 습관적인 성기의 발기
　그녀는 나에게 등을 돌리고 있으니 보일 리 없지만
　이 부끄러움
　처치 곤란한 이 일을 어쩌지 못한 채
　그녀의 목욕을 돕는 일을 나는 계속 할 수밖에 없다

>

어쩌면 이 샘은 상속자인 나 말고
본래부터 다른 임자가 있을지 모른다
그것은 뱀일 것이다. 생각이 미치자
나는 빨리 샘 속에서 도망질 쳐 나오려 했다
그녀의 안부를 생각할 겨를도 없이

아니나 다를까, 내가 미쳐 나오기도 전에
연둣빛과 분홍빛의 우아한 얼룩무늬의 꽃뱀이
스르르 그러나 빠르게 샘 밑바닥 저쪽에서
나를 향하여 오지 않는가

그는 이윽고 나의 발 가까이에 멈춰서
나를 이윽히 쳐다보았다
어미뱀이기에 배는 불러 있었고
그 우아한 아름다움
맑은 뱀의 눈
그것이 다소 우리가 흐려놓은 샘물이긴 하지만
그래도 나에게 명징하게 보였다

>
　어쩌면 그 눈은 내게 적의 같은 것은 없었고
　오히려 모성애도 어려 있었지만
　그래도 저 놈은 나를 물지도 몰라
　나는 겁에 질려서 엉겁결에 그의 머리를 발로 힘껏 밟았다
　참으로 어처구니없이 이것은 무언가 잘못이고
　무섭기만 하였다

　나는
　소녀의 안부를 생각할 겨를도 없이
　샘에서 도망쳐 나왔다
　이건 꿈일지도 몰라
　나의 꿈의 미로에서 무슨 틈이라도 찾아서
　도망질쳐야지

　아니다, 아니다. 무엇보다도 나는
　샘으로 돌아가야 한다
　아이구, 아이구….

8

산에
산에 올라도
나는
너를 만나지 못하리

이 세상
시작도 끝도 없이 돌고 돌아도
만날 수 없던 너

산에
오른다 해도
나는 보지 못하리

네가 텃밭 가에 심어놓은
옥수숫대에 쏟아지는
하늘을

\>

아아 나는
듣지 못하리라
내가 산에 오른다 해도
바다가 쉬임없이 일렁이는 파도소리를

한 발 먼저 산에 올라
하늘을 만지고 하산하는
너를 내가 알아보지 못한다 해도, 어두운
세상 한 끝에는 빛이 쏟아진다.

아아 슬퍼하지 말지어다
내가 너를 만나지 못한다 해도

내가 산에 오르면
네가 텃밭가에 심어놓은
옥수수 잎에
바람이 스쳐간다

화살

햇살이
따갑게 내리는
하늘 아래

나는 힘껏
시위를 당겨 화살을 놓는다

날아가는 화살은
생각할 겨를이
없다

다만
허공을 날으는 화살이
햇살을 받아
잠시 빛날 때가
있을 뿐

>
　　화살이 포물선을 긋고 간
　　순간의 끝에서 나는
　　가슴으로 화살을
　　받는다

　　화살이 주는
　　아련한
　　아픔에 떨다가

　　끝내 침묵하는
　　과녁

진달래꽃

등에 꽃 문신을 한 사내들이
빙 둘러앉아
두런두런 얘기를 나누며
술을 마신다

저승에서 온
사내들이다

멀리서 보면
산은
바람에 펄럭이는 차일처럼
색깔바다로 일렁인다

저 찬연한 꽃물결이
웃음의 홍수 같은데
가까이 가서 보면

서러운 서러운
울음의 바다다

\>

사내들이 울고 있다
아아

잎이 피기 전의
꽃 잔치가

자정을 지나
신새벽 가까이
상갓집 불빛도 사위어지고

어화 어화
봄빛 따신 들판을 가로질러
훨훨 진달래 꽃 산천길
꽃상여를 따라가는
만장물결이여

눈

부끄러워 말라

바람도 없는 공기 속을
차분히 내리는 눈을 보면서

이만 나이 먹어도
한 줄의 깨달음도 얻지 못했음을.

잠든 듯 고요한 숲에도
눈은 꿈결같이 내린다.

산이며 들이며
지상의 사물 위에
눈이 내리는 것을 보노라면
인생은 축복이라고

눈을 맞으며
잠처럼 고요히 침묵하는
숲을 보노라면

>

내가 전에 듣지 못했던
음악이 들리는 듯도
하다.

부끄러워 말라

세월의 끝에서
감출 길 없는
백발의 남루함을.

다만 차분히 내리는 흰 눈 같이
낮은 데로 내릴진저.

낡은 악기

봄기운이 들자
병든
늙은 악사가 병석에서 일어나
집안을 돌다가
생각 없이 골방을 열어 보았네

골방 한 구석에 틀어 박힌
낡은 악기

손을 뻗어 집어 들어보니
쇠잔한 기운에 말라 비틀어진
팔뚝을 타고 전율처럼 느껴오는
선율이

젊은 날 골짜리에 묻어둔
옛 사랑의 추억

해변에서의 방황이
아련히 뱃길을 저어가는
돛단배처럼

>
꿈속에서도 못 만난
한 줄의 지선한 음율을 찾아
산수 간으로 이어지는 젊은 날들이여

낡은 악기의
여섯 구멍을 손가락으로 막고
입술을 취구에 대어보니

기가 쇠하여
소리를 만들 수 없구나

물끄러미
낡은 악기를 응시하니

엄숙하게 입다무는
악기의 침묵

벼락처럼 뒤통수를 후려갈리는
천상의 울림

>

침묵하라
때가 왔느니라

늙은 악사의 눈에서
한 줄기 눈물이 흘러내리고
이제 비로소 몸 안의 욕심이
심지어 음율까지도
다 비워지고

꽃잎보다도 가벼운
봄기운이랄까, 신선이랄까
무엇으로도 이름 붙일 수 없는 것이 되어서

하늘로 둥둥
떠오르는 것이렸다

이제 비로소
평생을 찾아다니던
지고지선의 음율이

천지에 가득히 울리어
늙은 악사의 승천을
돕고 있었다

다만 한없이 깊은
침묵으로써

가을밤

흔들리는 나무숲으로 흘러드는 새 무리들
예감으로 천지는 고요하고
나무숲은 빈집같이 고독하다
바람속을 지나가는 발자국소리
흐느끼듯 흔들리며 밀리는 오막살이

귀뚜리는 밤을 새워
생명의 남루함을 흐느끼는가
흐느낌은 강물로 풀려 흐른다
이따금 끼어드는 또 다른 벌레소리
그 단절음

바람에 쓸리는 별빛 아래
강물은 바다로 가고
하늘 가를 돌고 온 가을바람은
날더러 고향으로 가라 한다

>
　세상은 온통 불꺼진 빈집같이 고독하고
　실낱같이 들리는 아슴한 곡성
　바람 속을 지나가는 발자국 소리……

부 록

소년 시집

* 여기에 모은 시편들은 1964년, 1965년 2회에 걸쳐 나태주와의 2인 동인지 <구름
에게 바람에게> 1, 2집에서 옮겨온 작품들이다. 다만 「종달새」, 「少年」, 「對話」,
「月夜」, 「달빛과 새」 등 5편은 시인이 생전에 제3시집 『바퀴의 잠』에 수록하였기
에 중복을 피하기 위해 여기서는 제외한다. (편집자 나태주)

寒庭

옷깃을 매만져
머물다
간
가을
꽃
자리

엘렌.
네
속눈썹에 어리는 눈물같이
찬비는
내리고
 (한 종일 소근대는
  비둘기의
  지껄임)

긴
날을 구름 보듯
서러운
날

>
눈 안에
먼 기억으로
은은하게 꺼지듯
하늘대는
파아란 깃폭.

엘렌.
장미 성근 마른 가지에
비가
내린다……

碑

1

휘몰아 끊이는 기인
강물의
여울목
— 곱게 감도는 풍악 한 소리… 운문 한 귀.

굽이쳐 꿈틀린 산줄기 마닥
산줄기 마닥
골골이 안개는 사리우고
손 사래 눈썹에
아슴아슴
울음이 샌다
— 오오 옛사람의 숨결, 옛사람의 숨결.

2

살 부비듯
문질러 온 세월 속에
태초의 꽃들은 끈질긴 능선을 찾아 피고
긴 강 여울목에 늙은 사슴이 피가 엉긴다.

3
가만히
세월이 휘돌아가는 날
碑는
발그런 꽃의 자세로
구름
갓을 나르는 鶴이 되었다.

느릅나무 아래서

(머언 밤으로 울리는 소리)

포도 ㅑ이 흐르듯
바알간 노을이 퍼지면

느릅나무 아래 눈물 어린
보랏빛 旅情.

들녘 끝 하얗게 빛나는 냇물 줄기… 메나리 내음이 풍겨오듯… 소올
솔 펴 오르는 저녁연기 같은 것.

머억 풀린 가르마 같은 하얀 길을 타고 아이들은 모두 헤어지고 발그
럼 풀리는 저녁노을 머금고 섧게 익어가는 하나의 과일, 그것의 성숙 —

가지 사이로
사이로 하늘은 속속히 걸려

해와
달이 지나고

>
하늘은 자꾸 단물이 들어
내 심장은 자그만 과일로 익는다.

노을이 뜨는데,
노을이 지는데.

小曲

(어느 마을 교회당에 닫기는 창문)

— 아직도 은은한 오르간의 맑은 선율.

(강물같이 흐득이는 나그네 그림자……)

— 흰 옷깃에 스미는 마지막 햇빛.

메나리(2)

(그것은
송뢰에 섞여오는
은은한 바다의 부르는 소리.)

솔밭 속 외딴집
아랫방에 어리는
옛
이야기 같은 것.

실실이 풀어 놓은
명주실 끝 같은
사랑들.

송뢰가 이는데
머언
파돗소리.

― 눈이 오는데.

>

질화로
노변에 흐르는 이야기가
있는데.

메나리(3)

출렁이는 조수가
밀려갈 무렵.

바알간
노을은
한 떼의 기러기 떼로
날아가
버렸다.

저
기인 제방을 건너서
밤이 깃을 펴고
올
차례.

바람의 짓거림
같이
손님들은
모여든다.

          *
우리 모두
샘가에
모이거든
할아버지와
할머니에게 공손히 절을 하고

그리고 이야기를
나누자.

목이 갈하거든 옛 샘물로
목을
축이고

별이
모여앉듯
은은히 속삭이고……

이윽고
홀로

밤이 먼저
가거든

한 사발의
피를
마시듯

아침 조수의
출렁임 소리에

가랑잎
같이
헤어지자.

가을

휘돌아 돌아간 바람귀 끝
— 으능나무 아래 우리 모두 구름을 보자.
— 시멘트 돌바닥에 소리하게 어리는 햇빛.

　　살 부비듯
　　살 부비듯
　　엷게 어려오는 열기

산줄기가 끝난 곳 이 한산한
성근 나무줄기 아래
서러워지고픈
노루가 있다.

　　밀리듯 밀리듯
　　어려 도는
　　여울목의 산 그늘
　— 이 찬 마가을

>
　오오 소녀야 해낭 소녀야
　소녀야 오오 해낭소녀야
　—벙어리 새끼 짐승이나 되자

廣場

아득히
먼
수평 저 끝
  (눈 안에 멀어 간 페이브먼트)

키가 길슴한 님프들의
기인
행렬
  (그들이 끄는 엷은 그림자)

하늘 가으로
지나간
가로수의 행렬
페이브먼트에 누락되는 숱한 발자욱

도시의 가로변
시네라리아 화분 옆의
하이얗게 놓인 손
  (보일 듯 피어나는 한 오리 미소)

>
　폭풍이 지나고
　전쟁이 끝나고……
　　(가로를 헤쳐가는 투명한 님프들
　　그들이 끄는 쇠리한 그림자)

　열기가 식어진 길 위에
　나르는 가랑잎
　그 위에 떨어지는 보랏빛 日暮.

항아리

1
한 개의 꽃씨가 트이듯
쇠리한
가을 햇살

가슴은 열려
먼 마을로
길은
트인다

꽃이 지듯 길을 가는
고운
소녀
투명하고 길슴한
가늘은
강물

꽃이 지듯
아리운
엷은 미소

2
찬 마가을
페이브먼트에 떨어지는 마지막
햇씨
속에

가뭇하게 피는
작은
님프들의 행렬

애초
너와 내가 나누는 건
항시
엷은 체온

발그런
노을은
도시의 지붕을 홑이불같이
덮는다.

3
나뭇가지마다 걸린
풍성한 가을
하늘

탄회색 하늘에
하룻한 소녀의
미소가
어렸다

  …먼 듯 다가오는
  얼굴
  …눈 안에
  그득한 눈물

멀리서 여릿하게
낙엽 구우는
소리. 먼 구름 뭉개지는
소리.

>
마음 가장자리를
서거픈
기류가
흐른다.

4
돛을 펴듯 타오르는
저녁 안개

산은
아마존강 하류처럼
조금씩
일렁이고

  산이 산을 감돌아
  소녀의 가득한 가슴으로
  가만히
  흐느껴
  흐른다

>
본시
열렸던 허허한 들녘을
텅
빈
항아리 속일 듯
하얀
트인
길로
엘렌의 그림자

하늘은 노을에
묻히인
길을……

夕陽
— 프로메테우스의 독백

한 개의 樂器만
바다 가운데 놓아라.

그분의 율조대로, 비늘 잎같이 빛나는 파도로,
또는 기슭에 몰아치는 우람한 명령으로.

갈라진 구름 틈서리로 樂器는 잔잔히 바람같이 떨어라.

太初가 끓는 물 속에 삭혀지듯
바다 가득히 太陽이 갈앉고

한 줄기 暮煙 마냥 푸른 안개
뻗쳐오르면

오오 저 하늘 끝에서 지쳐오는 나의 독수리.

皇帝
— 라정운에게

皇帝 : (M) 우리의 기쁨 걷히듯 해는 사라졌다.
　　사라진 기쁨은 영원히 안을 때가 있어. 마치 깊은 못속에 분별 없는
　　어린아이가 던진 돌맹이처럼.

　　그러나 어인 기적인가 낮과 밤의 유희를,
　　밤이 없던들 어디가 안식을 찾으랴.
　　세상은 어김 없이 찾아오는 검은 날개를 덮고 잠을 청한다.

　　기쁨 사라진 뒤의 적막은 내겐 한없는 안정이나
　　밤이 가고 날이 새면
　　얼마나 한없는 혼돈이랴?

　　(먼데서 은은히 울려 오는 듯) 저 대기는 무엇을 알아챈 것일까?
　　모든 죽어간 사람의 넋인듯 붉은 노을 위에
　　아직도 현세가 미진한 듯
　　진보랏빛 구름덩이 몇 개.
　　(마차가 오는 소리, 창칼 부딪는 소리) 아 오해와 혼돈과 운명은
　　밤에도 어김없이 찾아 오는구먼.

병사 : (멀리 아래 문께서) 누구냐?

보나르 : 충실한 병사여. 먼 북방 새벽에 곰이 울며 포효 짓는 곳, 그곳
　　　의 주인 보나르일세.

오크서 : 어서 창이나 거두게.
　　　달빛을 등지고 기러기 북으로 나르듯
　　　나 또한 가을 햇볕 머리에 이고 빛나는 남방 길에서 왔느니.

병사 : 오오 오크서 공. 그리고 보나르 백작.

皇帝 : 뭐? 오크서?
　　　보나르? 저들의 싸움은 이리와 가마귀의 싸움보다
　　　간계에 가득차구
　　　그네들 마음 속은 마녀들이 지키는
　　　썩은 못물바닥의 진흙보다 깨끗할 게 없었다.
　　　그리구 악담하는 혓바닥은 지옥의 불꽃 같이 낼룽거리지 않았던가?

　　　허긴 언제던가 그네들의 이상하게 번득이는 눈들이
　　　화해를 가장할 줄이야 알았지만
　　　또 오늘은 웬 일로 한 마차에 두 마리의 이리와 가마귀가 함께 왔느뇨?

오크서 : 皇帝의 병환은?

병사 : 여전하옵니다.

보나르 : 어디 계시냐?

병사 : 높이 솟은 궁전 서편 창가에.

보나르 : 오 황홀하도다 저 양자여.
　순탄히 흘러 내린 어깨며
　마지막 인멸하는 태양 빛에 붉으레 빛나는 용안이
　聖者와 같은 저 모양을.

오크서 : 보나르 백작.
　만약 천상을 그리려는 화가가 있다면
　그 모델은 바로 저분 나의 형님이며 皇帝로세.

　그러나 지금은 암흑과 광명 속을
　번거로이 방황하시는 분
　그의 앞날은 한없이 검은 원시림.

　가세 지체없이.
　그의 황량한 마음의 원시림을
　우리의 우정의 나무를 심어 드리세.
　(E 계단을 오르는 소리, 꽤 길게 점점 세게 울린다. M 잔잔하며 불안
　하고 빠르게)

오크서·보나르 : (E 발소리가 멎으며) 폐하, 만수 무강을.

皇帝 : 오 나의 훌륭한 아우 그리고
　　나의 제일 용맹한 북국의 공신
　　어인 일인가. 서풍이라고 불렀는가?

오크셔 : 성덕은 먼 남국에도 샛별 같이 빛나오며
　　갓 익어가는 오곡 백과의 향기가
　　만상에 가득하나이다.

　　더욱이나 우리 신들은 행여 새벽의 밝음이 흐리지나 않을까 하여
　　눈짓하는 별들 같이
　　남과 북에서 폐하를 염원하옵다가

　　이제 갓익은 가을 과실들과
　　또한 굵은 참바로 겨울 옷을 입힌 싱싱한
　　우리 우정의 나무도 한 그루 가져 오나이다.

皇帝 : 그 나무에는 무엇이 열리는가?

보나르 : 열리기만 하오리까?
　　그 열매는 일년에도 수없이 열리나이다.
　　한 계절에도 수없이 열리며

　　순간 수간마다 대기를 호흡하고
　　햇볕을 받아 지양분을 저축하여
　　폐하의 가슴 속에 맑디 맑은 혈액을 마련하리다.

황제 : 그러나 대기는 독기가 많은데?

　　보게, 이 사람아.

　　혹 그 열매는 독과라도 안 섞였는지.

보나르 : 무슨 말씀을.

　　훌륭한 나무는 항시 맑은 대기만 호흡하나이다.

皇帝 : 무슨 소릴!

　　우리 아득한 선조가 살던 낙원엔

　　한없이 맑은 이온 뿐이었지만

　　보게 저 거리 건너

　　칼 벼리는 대장간의 검은 연기며

　　구석 구석마다 마귀들은 검은 독기를 품어 올릴 것일세.

　　그러나 걱정 말게

　　나라면 염려 없네.

보나르 : (방백) 이런! 미친 늙은이, 무슨 낌새를 알아챌라.

　　폐하! (큰 소리로 능글맞게)

　　밤바람은 차고 대기는 독기에 그득하나이다.

　　안으로 드심이……

皇帝 : 아니, 아니. 궁전 안은 더하다네.
　저길 보게. 새로 발하는 별빛 밑에
　저 허옇게 흐르는 강이 있지.

　그리구 그 허리께 다리가 있잖는가?

오크서 : 그게 무엇이 중요하니까?

皇帝 : 암 중요하지. 그것은 제일 단순한 것 중의 하날세.
　이렇게 서서 한참 바라보면
　황홀한 외로움이 있다네.

　자네들은 방에 들어가면 네모진 우리 속에 날 가둡고
　현학적이고 제 끝을 찾을 수 없는 웅변으로
　국가가 어떻고, 지배가 어떻고, 변방에 오랑캐가 있다는 둥
　날 보채고 몰아댈 것이 아닌가?

오크서 : 그러나 폐하. 밤이 깊사옵니다.
　침실에 드심이……

皇帝 : 그런가? 가세. 지친 나그네들.
　이 궁전 안에는 자네들을 재우기에 부족함이 없이
　훌륭한 침대를 많이 마련하고 있을 것일세.

보나르 : 우리 둘에게는 한 개의 침대로써 충분하나이다.

皇帝 : 둘이 한 침대에?

　우둔과 기지가 한 통속이라……

　(전신에서 울어나는 광적인 웃음소리) 으하하하… 어허 어허. 으하
　하……

　음음 아 좋아. 음음 좋아.

　(M·E 조화가 안되는 세 갈래의 발자국소리, 문닫는 소리)

　(M 불안하고 가늘게 뛰노는 듯, E 일어나는 소리)

보나르 : (목안에 잦아지는 갈라진 음성) 가만 있거라, 지금 밤이다. 하
　늘아 땅아, 제발 검은 이불을 머리 끝까지 올리고 나의 발자국 소리
　를 줄여 다오.

　이 바보. 장래의 皇帝님이나 불쌍하게도 때가 당신을 돋지 않아.

　주둥이를 벌리고 정신없이 주무시는군. 안됐지만

　영원한 잠으로 안내해 드리리다.

　칼이 어디 있나? (절렁거리는 소리)

　아이구 가슴이 떨려, 소리가 너무 크다.

　아니 옷을 먼저 입어야지.

　(표독 스럽게) 면류관은 잔인하게!

　그래야 미친 늙은이 방에도 의젓히 갈 테니까.

　이놈의 바지가 어디가 앞이람.

　(뒤척이는 소리)

오크서 : (선잠 깬 목소리) 아니? 보나르 백작, 어디 계시오? 보나르 백작.

보나르 : 음 깨었구나.

오크서 : 아니 왜 옷은 입으시오.

보나르 : (초조하게) 가만있게 이 바보양반
　　눈은 동자 대신 흙을 담아주구
　　주둥이가 조용하게 만들어 줄테니.
　　(E 칼 빼어 치는 소리 급히 피하며 뛰어내리는 발자국소리)

오크서 : (역시 칼을 찾아서 빼어들고) 음 에잇! 요 이리 새끼.
　　제버릇 나타내는군. 그렇지만 너쯤이야.
　　(E 어지로운 발자국 소리 · 칼 부딪는 소리 · 기압소리)

보나르 : (역시 초조하게) 안 되겠다.
　　이 놈의 바보 이렇게 셀 줄이야
　　음 음! 이젠 글렀군. 에잇 음!

　　마지막이다. (물러서는 낌새, 쇠붙이 소리)
　　게 섰거.

오크서 : 응? (떨리는 소리) 보……나르.
　　쏘……지 마라 쏘리 마라.
　　(E 총성 일발 이어 두 발 신음 소리 수런거리는 소리)

병사1 : (뛰어 오면서) 어디냐?

병사2 : 손님의 침실이다. 빨리 빨리!

보나르 : (살며시 문 열리는 소리, 침착하려고 애쓰는 목소리)
　벌써 뛰어오는 군.
　심장아, 고만 뛰고 잠간만 좀 멎으렴.
　그리구 너 마음아, 좀더 교활해다구.

　(헐떡이는 척하는 목소리로) 아이구 아이구 게 아무도 없는가?

병사1 : 백작님 웬일이십니까? 범인은?

보나르 : 아이구 무서워, 저 안에, 저 안에.
　지금 막 창문을 타 넘을 지도 몰라, 아이구 무서워.
　(E 소리 점점 멀어지고 도망가는 발자국 소리 문 급히 여닫히며 뛰어
　나오는 소리)

병사2 : 저 놈이다, 보나르다!
　(E 어지럽게 뛰는 소리. 웅성거리며 쫓아나오는 소리)

병사3 : 저 놈. 보나르 놈. 잡아라!

병사4 : 저기 간다, 창을 던져라!

보나르 : (조급하게) 오냐, 쫓아 오너라.
　　현세에 오장육부가 굶주려 개새끼 같이 울부짖기보다
　　너의 형 아벨한테나 가거라.

　　나는 진흙 속에서 더 허덕일란다.

　　(E 총성소리, 비명, 말울음, 말 발굽소리, 점점 멀어지고 점점 아우성
　　으로 변하는 군중의 소리를 쓸어 버릴듯 M)

오크셔공비 : 폐하.

皇帝 : 나의 계수여 나에게 슬픔을 덛치지 말게.
　　나의 슬픔은 저주받은 문둥이……

오크셔공비 : 폐하.

皇帝 : 고통이 언제 그칠 날이 있겠나.
　　우리의 형벌은 우리가 걸머질 것.

오크셔공비 : 폐하, 그러하오나……

皇帝 : 무엇을 말하려 하는가, 계수여.
　　우리의 조상 중엔 카인이 있네.

오크쇼공비 : 원수를.

皇帝 : 원수라?

　진흙탕 물속으로 헐떡이며 기어간다네.

오크서공비 : 그러하오나……

皇帝 : 운명이라네.

　오래 기다리구 참아보게.

오크서공비 : ……그러하오나

皇帝 : 가만! (E 시계치는 소리, 운명적인 목소리로 헤아린다) 하나.

　둘. 셋. 넷. 다섯,

　벌써 다섯 시군. 가게 황혼이로세. 어서!

　한밤중 시계 치는 소리를 들으며 과부로 혼자 사는 방법을 배우게.

　그게 기적일세.

오크서공비 : 폐하……(흐느낀다)

　(M)

변호사 : 그를 긍휼이 여기소서.

皇帝 : 누구 말인가?

변호사 : 그는 운명의 여신에게 희롱 당하는 사람이외다.
　　오해와 질시의 한없는 심연에 빠져
　　그는 질식할 듯하나이다.

皇帝 : 대체 그는 누군인고?

변호사 : 그는 폐하의 울타리이오며 벽이옵니다.
　　그는 높은 산정에서 반짝이는 봉화불이옵니다.
　　그러나 운명의 여신에게 희롱 당하고 있는 사람이외다.

皇帝 : 자네의 말은 주석과 유황의 조합보다 힘들구먼.

변호사 : 그러하오이다.

皇帝 : 도대체 그는 누구인고?

변호사 : 황공하옵게도 보나르 백작이옵니다.

皇帝 : 자네는 참말 훌륭한 재상감이구먼.

변호사 : 칭찬은 황송하옵니다.
　　그는 너무나 억울하옵니다.

皇帝 : 하긴 사탄도 천상을 쫓겨날 땐 억울했지.

변호사 : 그러하옵네다.

　그는 천사 중에도 제일 용감하고 훌륭했으니까요.

　그러하오나 운이 없었나이다.

皇帝 : 암, 운이 없었지.

변호사 : 그를 긍휼히 여기소서.

皇帝 : 암, 그는 지금도 늙은 개처럼

　주둥이를 땅에 끌고 킁킁거릴 테지.

변호사 : 누구 말이옵네까?

皇帝 : 누구 말이긴, 사탄 말이지.

변호사 : 아니 보나르 백작 말이옵네다.

　그의 죄는 목숨을 부지한 것 뿐,

　한컵의 커피를 노누어 먹고 한 마리 말에

　함께 타던 친구를 왜 죽이겠나이까?

皇帝 : 보나르 백작이라—.

　자네의 말솜씨는 진흙덩어리도 투명해지고 보석이 되어 하늘로 승

　천하겠구먼.

　그러나 저러나

그는 닻을 감고 돛을 올려 나도 모를 곳으로 떠났다네.
그런 이름은 나의 망각의 바다 속에 녹아버린지 오랠세.
여보게 변호사. 그런 말일랑 가서 현명한 재상한테나 말해 보게.
(큰소리로 귀찮은 듯) 이 자를 개치듯 문밖으로 몰아 내거라.

皇帝 : (M) 참 세상은 기이한 거란 말이야.
　아주 하찮은 관습이라도 뼈골까지 스미고 보면
　천하 무적의 皇帝라고 어쩔 수 없으니 말이야.

　선장이 위험한 선원을 목을 매어 돛대 끝에 달아 맨다든가,
　제 물에 빠져 죽은 놈은
　천당갈 예식도 못차린다든가,

　죽장 망혜에 파립이나 쓰는 게 났지.
　제길헐, 왕관을 쓰고 있느니
　돼지새끼 같이 배를 끌고 땅으로 꿀꿀거리고 다니는게 좋겠군.

　(E 바람소리 차차 거세어진다. 皇帝의 말도 점점 거칠어진다)
　제기럴, 추풍낙엽이라더니 바람은 엠병할 놈의 것.
　가만 있자, 웬 여인들이 이리 몰려오노?
　아니 저건 선왕비, 그리구 저건 모두 죽은 망령들이 아닌가?

　뭐야? 내게 할말이라도 뭐 있나?
　나 때문에 죽은 건 아니잖아? 아니, 아니지.
　모두 내 구데기 이글대는 종기를 짜 주다가 죽었지.

(E 바람 점점 거세어 진다. 숨이 차서), 여보게들, 내 황량한 들녘같은
마음에 무엇을 덮칠려고 그러나?
제발들 가 주게.
아니 그 소매자락에 왠 피?

피가 아니구 고름이구먼. 뭐 내 거라구?
그런 건 갖다 묻어버려. 그렇잖아두 내 가슴팍에선
지금두 고름이 꾸역꾸역 나오네.

아이구 숨차. 이 보재기를 베껴주게. 아니 왜 이래.
어? 입에다는 이게 뭐야. 구데기를 넣다니(M 질풍같이)

재상 : 폐하 진정하십시오.

皇帝 : 아 재상인가? 아무렇지도 않으이.
  그저 좀 썩은 늪에서 부는 바람 같은
  기분 나쁜 환상에 그만 지쳤네.

재상 : 무슨 환상이온지?

皇帝 : (방백, 신음하며) 주둥이야, 네 마음대로 지껄려 대렴.
  (큰소리로) 아 그 내 첫 싸움 말일세.
  로스할테의.

재상 : 온 별 말씀을.

그 전투는 폐하의 젊은 혈기와 용맹을 세상에 알려 주신 싸움이 아니
오이까?

皇帝 : 허긴 그래. 그러나 그때의 皇帝이셨던
　　백부가 아니었던들 나는 죽었지.

재상 : 오 사필이 다 칭찬 못할 분.
　　그러하오나 로스할데의 시민을
　　반란군의 칼에서 구하신 건 폐하올습니다.

皇帝 : 아니 아니 못 구했어.
　　그들은 모두 죽었네.
　　막 넘어가는 십일월의 하얀 태양 아래의 그 참상이라니.
　　유리창 턱에도 시체 뭉텅이, 빨코니에도,
　　거리에도, 십자로에도, 마차 위에도,
　　말이 죽은 시체 위에도, 대들보에도, 미리 목을 매었네.

　　그런데 이보게 재상.
　　마치 깨진 머리 통에서 뇌수가 흘러 나온 듯
　　뭉글뭉클하게 꼭 붙들고 죽은 모양들이라니……

　　죽음의 공포가 내 뒤통수를 달래 달래 뒤쫓는 형국이었네.

재상 : 폐하 그런 좋지 못한 환상은 멀리 하옵소서.

皇帝 : 고마우이. 그러나 여보게 재상.
　이렇게 맨날 방돌 신세만 지는 나도 皇帝ㄴ가?

재상 : 온 별 말씀을, 폐하의 성덕은
　누워 계시나 앉아 계시나
　어디에도 미치고 있나이다.

　국민들의 머리는 폐하를 뫼신 위의에 차 있고
　가슴에도 차 있으며 은근한 기운을 불러
　추수에 흥이 솟고 온 나라안이 평화롭나이다.

皇帝 : 나의 의무는?
　참, 변방 소식은?

재상 : 별로 심려하지 마옵소서. 하긴.
　뤼크 성주 보나르 백작이 신이 보낸 경찰군을 배격하고
　모반을 꾸밀 음모를 꾸민다는 풍문이 들키긴 하옵네다만.

皇帝 : 음.

재상 : 심려 마옵소서. 그리구 폐하.
　로스할테 동쪽 비부산 계곡에
　산장을 하나 마련하였나이다.

　이번 가을 동안 그곳에 행차하시어

계곡의 바람 소리며 물소리로 마음을 즐기시고
새들이 부르는 노래에 폐하의 음률을 맞추소서.

皇帝 : (감격스럽게) 재상

재상 : 평안이 누우시고 잠을 청하소서. 모든 게 잊히리다.
(E 조용한 발걸음 소리. 문 여는 소리. 계단을 내려가는 소리 오랫동
안 멀리)
(M「허밍 코러스」가 울리며 다음 대화가 이루어진다)

皇帝 : (E 사슴이 우는 소리. 山에서 나는 온갖 고요한 소리)
엘렌. 저게 무슨 소리냐?

엘렌 : 사슴이 우는 소리옵니다.

皇帝 : 꽤도 외로운 목소리구나.
참말 사랑하고픈 짐승이구먼.
현세의 애정은 갈등과 모략이 따르기 마련이지만
같은 마음을 느끼고
같은 애수를 함께 사랑한다면
그건 우정이지.

아 참 우정이 그립구나.
여러 사람이 날 아꼈지만
그들은 못참아 혹은 죽고, 혹은 떠나갔지.

>
그들과 내가 사랑하는 것은 서로 다른 것이었으니까.
너도 마찬가지지. 아니 당분간 같지.
그러나 엘렌. 저 짐승이라면 내 친구구나.

보아라. 우리 얼굴이며 맘이 똑같은 사람이 하나라도 있는가?
없어. 없어.
내 십자가를 질머져줄 사람이 있는가?

없지 없어.
그러기에 사람들은 웃고 희롱하고,
제가 걸머진 외로운 십자가까지 벗으려고 할 뿐.

제 명대로 걸머지고 참으려는 자는 없거든.
엘렌.
그런데 저 짐승 좀 생각해 봐라.

그는 명도 길지만
죽일 줄도 모르고 음모할 줄도 모르고
제 목숨을 버릴려고도 않지.

절대 그렇게는 않지.
그의 향기로운 관을 키우고
더러 못 참는 밤, 저렇게 명인한다.

엘렌 : 신비한 바람같은 말씀이오라

　　잘 모르겠나이다.

　　좀더 쉽게 말씀해 주소서.

皇帝 : 어렵게 생각 말아라.

　　나이를 먹으면 다 아는 법.

　　너는 내게서 마지막 향기를 발하는 꽃.

　　그러나 한줌 미풍에 함부로 향기를 날리지 말아라.

　　(음악 멎으며 밖에서 수런거리는 소리)

　　무슨 일인가 나가 보아라. 산중에서도

　　날 그냥 안 두는구나.

엘렌 : (E 문 여는 소리. 곧 다시 들어오는 소리)

　　재상으로부터 사자가 왔나이다.

皇帝 : (일어나는 기척) 오 재상으로부터,

　　나의 충실한 신하로부터,

　　어서 들어오라고 해라.

사자 : (들어와서) 폐하. 문안 여쭙나이다.

皇帝 : 무슨 소식이냐? 밤을 도와 찾아온 걸 보니 급한 것 같구나.

사자 : 다름 아니옵고

갑자기 국민은 불안에 떨고

인심은 자꾸 흉흉해가고 있나이다.

더욱이나 북방의 불쾌한 소문은

국민을 격분시켜 진정시킬 길이 없사옵고

시시로 흉사가 일어나며

더러는 불손한 국민들이 작당하야 소란을 피우고 있나이다.

皇帝 : 음 재상은?

사자 : 온갖 노력을 다하여 희유하였으나

황공하옵게도 허사였나이다.

온 국민이 폐하의 용안을 뵈옵고

폐하의 음성을 경청하면 진정될까 하나이다.

皇帝 : 음. 운명의 괴조의 첫 울음소리가 들리는 것 같구면.

(큰소리로) 날이 밝는대로 떠나도록 준비하라. (M)

(E 군중의 소음)

소리1 : 皇帝의 연설이시다.

소리2 : 뭐라 하느냐? 미친 늙은이가 하긴 뭘해.

소리3 : 천벌 받을 소리 고만 해라.

소리4,: 나는 皇帝의 용안만 뵈어도 마음이 가라앉는다.

소리5 : 나도

소리6 : 그 따위 미친 늙은이를 없애고 다시 황제를 뽑아 뫼시자.

소리7 : 좋다.

소리8 : 가만, 저 궁전 꼭대기 발코니에 황제님이 거동하신다.

소리9 : 광증을 일으켜, 거기서 떨어져 죽으렴. 이 늙은이야.

소리10 : 무슨 소리냐!
　　저분이 젊어서는 영웅 헤라크레스의 화살 같이
　　정의에 복종하고 표적에 어긋남이 없었다.

소리11 : 지금은 소용없어.

소리12 : 보라! 저 만신의 제왕 제우스신 같이 원만구족하신 양자를.
　　그의 입에서는 로스할테의 싸움을 상기하는
　　무적의 웅변이 기적같이 흘러 나올 테니.

소리13 : 왜 저렇게 미소만 띠우고 계실까?

소리14 : 가만 있어. 신의 종제이신 분의 연설은

무언일 때도 있어.

저 햇볕같이 우리 맘에 대어오는 미소의 물결을 보아라.

아이구 내 가슴이 너무 벅차 터질 것 같다.

(E 점점 속삭이는 소리로 변하다가 완전히 물을 끼얹은 듯 조용하다.

M 끝을 잇는 듯 실날같은 음악 흐르고 차차 굵어지며 질풍 노도같이

될 무렵. E 그만 환호성이 물결친다.)

군중의 소리 : 만세! 폐하 만세! 皇帝 만세! 만세, 만세! (환호성)

(E 멀리 국민들의 환호성)

재상 : 폐하! 너무나 감격스럽나이다.

국민들은 더없이 만족하옵나이다.

신들이 천언 만언으로 못하는 일을 하셨나이다.

皇帝 : 아니지. 더욱 힘들고 어려운 일이지.

그저 잠간 머리를 돌렸을 뿐

재상 : (불안해지며) 무슨 말씀이온지.

皇帝 : 운명의 괴조 말일세.

재상 : 그런 불길한 생각을 마옵소서.

너무 상심한 탓이오이다.

(어조를 가볍게) 잠간 달아오른 심중의 불꽃을 식힐실겸

지금 궁중에 배우 일단을 초청하였아오니 관극 하심이―.

皇帝 : 연극이라― 무슨 연극인가?

재상 : 여기 마침 배우 하나이 있습니다.

배우 : 뭐 그리 깊이 생각하지 말아 주십시오.
　　그저 폐하께옵서는 심심풀이에 지나지 않사오며
　　사탄과 천사의 싸움이라고나 할까요?

皇帝 : 그저 그런 건가? 천사와 사탄의 싸움이라면
　　얼마든지 진저리나게 본다네. 연극이 아니라도.

배우 : 그리구 용맹과 지혜를 갖으셨으나
　　불행히두 운명이 짝을 짓지 않는 한 분의 왕도 있나이다.

皇帝 : 가지, 가지. 아마 특별한 맛이 있을 듯하군.
　　열심히 관극하지. 자네 울면
　　나 또한 울고 울 터. 그게 자네의 천분일테니.
　　(E)

皇帝 : (M) 오 불쌍한 왕.
　　일생 내내 싸워도 그의 봄 편히 은신할 왕국 하나이 없다니.
　　그의 손은 폭군같이 죄만 짓는구면.

>
저렇게 싸우다가 죽으면
그의 겹치고 겹친 죄는 영원히 구원받지 못할 것.
용서를 빌고 회개할 새도 없겠구나.

저런! 그예 죽다니.
이제 겨우 그의 손이 잠잠해졌구먼.
아니 한가락 한가락을 고슴도치의 바늘갑옷 같이 짝 벌리고
하늘에 뻗쳤구먼.

죽으면서두 신에게 항거하는구먼.
아 애석타.
(어조가 긴장되며) 조용히! 저 은빛갈의 흰 날개며 금제투구를 쓰신 분.

오 천사다. 심판하러 오셨다.
(쉰 목소리로 타인에게는 들리지 않는다) 왕이 너무 불쌍타.

십자가를! 십자가를.
어서, 어서! (의자에서 일어나는 소리. 뚜벅뚜벅 허청거리며 손을 저으
며 걷는 소리)

내가 대신 대신 져 주어야겠다.
재상!
어디있나, 재상!

>
빨리! 제일 무거운 십자가를 가져오란 말야.

어서! (거의 질식할 듯) 미카엘님이 가실려고 한다.

불쌍한 혼을 사탄에게 넘기기 전에 어서.

(E 수런거리며 일어나는 소리)

재상 : 폐하. 진정하소서.

아아 작은 불씨를 끌려다가 마귀의 불길을 끌어들였구면.

(크게 절규하는 소리. 이상하게 상징적이다) 연극을 고만 그쳐라,

그쳐. (E 완전히 수라장이 되버렸다. M)

皇帝 : (잔잔하며 절망적이다) 괴조의 날개가 보이는 구면.

벌써 하늘을 삼분지 일은 덮었다.

아니 저 무슨 소리? 역시 괴조의 울음소리다.

재상 : 폐하(흐느낀다).

皇帝 : 재상은 저 소릴 못 듣는가?

저 괴조의 울음소리를.

재상 : 무슨 말씀이옵니까? 궁문밖의 소리 말씀이오니까?

국민들이 폐하의 안녕을 염원하는 소리인가 하나이다.

(E 소란스럽게 계단을 뛰어 오르는 소리. 난폭하게 문 여닫는 소리)

병사 : (거친 숨길로) 대감, 이젠 글렀습니다.

이미 역적의 모반군이……

皇帝 : (담담히) 날개가 하늘을 반 넘어 덮었군.
　　날 일으켜 주게. 일어나 똑똑히 좀 보세.

재상 : 어서 어서 폐하를 피신시켜 드려라.
　　(E 황제가 분별없이 어지럽게 뛰는 소리)
　　(절규) 폐하. 거기로 가면 적의 표적이 됩니다.
　　그쪽은 발코니에요. 돌아오시오.
　　여봐 어서 빨리 붙들어, 어서. (절망적인 고함 M)

병사1 : 皇帝께서 떨어지셨다아.

병사2 : 빨리 시의에게 (E M)

皇帝 : (M 고요한 안식) 여기가 어딘가?

재상 : 궁정입니다.

皇帝 : 나는?

재상 : 폐하! 폐하는 이 나라 皇帝이십니다.

皇帝 : (단호하게) 암 나는 皇帝지.
　　그리고 자네는?

재상 : (크게 흐느끼며) 폐하! 폐하의 신이로소이다.

皇帝 : 오 나의 재상. (무미하게 담담히) 고맙네, 고마워.
　그리구, 그 옆에 선 사람은?

시의 : 폐하! 시의로소이다.

皇帝 : 그리구. 그리구 그 옆에 검은 옷 입은 사람은?

재상 : (당황하며) 뭐 말씀입니까? 신의 눈에는 아무 것도……

皇帝 : (담담히) 죽음.
　(M 성스러운 합창)

* 라정운 : 나태주의 필명

풀잎의 노래

김동현

서시

진흙을 이겨
독을 하나 지으리

몸뚱이에는
세월이 묽혀놓은
나의 숨결과 몸짓과
하잘것없는 근심들을
묽게묽게 무늬 지어 바르리

한밤의 갈대밭에
나의 독을 놓으리
나는 따로 담아놓을 것이 없기에

그저
때때로 빗물이 고이고
고인 빗물에 밤이면 마알간 가을달이 비치고
이리저리 방황하던 바람이
빈 독을 맴돌다가
갈 뿐

세월이 가면 한 개씩
금이 가리

저의 과거를 맑게 여과시키지 못한 상태에서 이 글을 쓰는 것이 마음에 힘겹기 짝이 없습니다. 사법시험 공부한다는 것이 이렇게 저의 인생을 얼룩지게 만드는 것인지, 그렇게도 제 둘레에 있는 분들에게 고통과 설움을 드려야 했던 것인지…… 이제 저는 이 글을 참회하는 마음으로 담담히 적어 나가고자 합니다.

나는 나이 28세(1971년)에 비로소 사법시험 공부를 시작했으니 그전의 이야기를 조금 해야겠다.

나는 충남 서산군(瑞山郡) 안면도(安眠島)라는 섬에서 빈농의 6남매의 맏이로 태어났다. 그곳에 있는 중학교를 졸업하고 1960년 다행히도 공주사범학교에 입학이 되었다. 아마 사범학교를 들어가지 못했더라면 나의 학업은 중단되었을 것이고 그때만 해도 교직이 선망의 대상이었으니 사범학교 합격은 부모님들께 기쁨을 드렸을 것임에 틀림없다. 공주─아기자기하고 아름다운 작은 고도(古都)─그곳은 지금도 골짜기 골짜기마다 눈에 선하고 월락산(月落山) 아카시아숲 아래의 학교생활은 꿈 같은 즐거움이었다. 공부 같은 것은 이미 직장이 보장되었으니 관심이 없었고(이 점은 나중 나의 기초학력의 전무상태로 엄청난 고생을 하는 원인이 되었다) 착한 교사가 된다는 것, 좋은 시인이 된다는 것 이외에는 별 생각이 없었다. 3년 내내 미술반에 들어가 산으로 강으로 그림 그리러 다니는 것이 일이요, 나태주(羅泰柱) 군(1971년 서울신문 신춘문예 시 당선, 1979년도 흙의 문학상 본상 수상)과 시를 읽고 쓰고 이야기하는 데 온 정신을 팔았다. 착한 선생님들 밑에서 가난 속에 나눈 우정이요 꿈 같은 생활이었기에 나의 인생이 10년은 늦은 원인이 되기는 했지만 지금도 나는 조금도 후회스럽게 생각하지 않는다.

3년간의 학창생활이 훌쩍 지나고 1963년 3월 31일자로 발령을 받아

대구 앞산 밑 대명국민학교로 부임하게 되었다. 아직 머리가 길지 못해서 까까머리를 벗어나지 못했고 길을 물어가며 학교를 찾아가는 나의 등 뒤에서 아낙네들이 "알라선생 간다, 알라선생" 하던 말이 지금도 선연하다.

나에게 대구의 교직생활은 비교적 순조로운 편이었다. 40대 이상의 노교사들 틈에서 나의 순진하고 정열적인 교직자로서의 태도가 그분들의 마음에 들었던 듯하고 신선한 인상을 드린 듯하였다. 힘겹기는 했으나 가장 부끄러움 없이 살았던 한때였다.

3년째 되던 해에 우연한 일로 나의 교직생활을 회의하게 되었고 이래도 되겠는가 하는 생각이 들었다. 더구나 입영(入營)하라는 영장이 나와서 장래에 대해 다시 한번 숙고하지 않을 수 없었다. 그래서 엉겁결에 들어간 곳이 청구대학 2부 법학과였는데 무슨 특별한 동기가 있었던 것은 아니고 국문학을 택하지 않은 것은 문학을 하면서 어느 정도 국문학에 대한 독학에 자만한 데서 나온 선택이었던 것 같다. 그러나 지적(知的) 트레이닝이 되어 있지 않은 나의 두뇌로는 대학강의를 소화할 수 없었고, 한 학기를 듣는 둥 마는 둥하는 포기상태에서 입영하고 말았다. 제대할 때쯤 되어서야 제대하고 나가서 좀더 힘써볼 거라고는 대학을 졸업하는 일이구나 하는 결심을 굳히게 되었다. 1968년 6월 8일 제대하여(이때는 영남대학교로 청구대학이 흡수 통합되어 있었다) 1학년 1학기에 취득한 학점을 알아보니 23학점 신청에 13학점만 나와 있었다.

대구 인지국민학교에 복직하여 근무하면서 다시 2부대에 복학하였다. 외국어가 거의 무지(無知)여서 새벽 5시에서 7시까지 학원에 나가서 익혔다. 그러다 보니 새벽 4시 40분쯤 집에서 뛰어나가면 밤 11시

30분에 집에 돌아오는 생활의 연속이었다. 일은 벌어지고 말았다. 1969년 겨울밤이던가 갑자기 심장이 터질 듯 뛰며 극도로 불안감이 엄습하여 도저히 견뎌낼 수가 없었다. 밤새 아내에게 나의 가슴을 누르라고 하고 그 밤을 불면으로 새웠다. 과히 좋지 못한 건강으로는 지탱하기 힘든 일과였던 듯했다. 이 세상에서 내가 가장 못나 보이고 왜소한 인간이며 가장 무능하다는 생각, 우주의 심연으로 빠져드는 듯한 허무감, 헤어날 수 없는 불안 속에서 중국인 한의원의 약과 리부륨 그리고 참선(물론 흉내지만)으로 큰스님들의 법문(法門)을 들으며 내 마음의 병을 치료해 나갔다.

학교에서도 아이들을 가르치다가 주체할 수 없는 불안감이 엄습하면 과제를 내주고 교실바닥에서 가부좌를 하고 불안감을 극복해 나가는 일이 비일비재했다. 그래도 용하게 견뎌나가 대학 4학년이 될 때는 직장에 사표를 제출하고 사법시험을 보기로 결심하기에 이르렀다. 참으로 어처구니없는 만용이었다.

이미 결혼하여 아이가 하나 있고, 전혀 경제적 여건도 갖추어진 것이 없었다. 나이는 28살이요, 체계적으로 공부가 되어 있는 것도 없었다. 육체적으로나 정신적으로나 건강은 말이 아니었다. 위장도 완전히 버려서 생식(약 1년 반 계속했다)을 하고 있을 때였다. 미쳤어도 단단히 미쳤던 것 같다. 나의 의지였을까 운명이었을까, 아내도 도저히 말릴 수 없었고 직장동료의 이제 그만하면 당신은 교육계에서는 인정받는 교사가 되었으니 교직에 몸담는 것이 좋은 일 아니냐는 만류도 뿌리치고 사표를 던졌다(1971. 4).

울병과 조병을 왔다갔다하는 상태였을까, 그때의 기분은 1년이면 결판이 날 것 같은 생각이었으니 얼마나 엄청난 착각이었는지 모른다. 그 기간에 읽은 합격기엔 서산이 고향인 분의 글이 있었다. 군에서 제대하고 와보니 부모님은 다 돌아가시고 의지할 수 없는 상태에서 마을 뒷산에 움막을 짓고 남의 비웃음을 참으며 3년을 공부해서 합격했다는 내용을 읽고 뭣하느라고 3년이나 끌었느냐는 생각이었으니……

아내의 의사를 일방적으로 무시한 채 안면도 고향으로 보내고 4학년 1학기는 그대로 자취를 하며 학교 도서관에서 공부했다. 그러나 나의 만용이 얼마나 잘못된 생각인가 하는 것은 곧 드러났다. 법학이란 백화난만(百花爛漫)한 초원과 같이 부드럽게 나의 발 아래 밟혀지는 학문은 아니었다. 험준한 태산들이 나의 앞을 사정없이 가로막고 있었으니 나는 그 앞에서 어쩔 줄 모르고 당황하기 시작하였다.

1971년 9월이던가, 아내가 보고 싶어 집에 갔다가 아버님께 꾸중만 잔뜩 듣고 발길을 돌렸다. 가능한 한 아내와 가까이 있고 싶어서 전북 부안 내소사(來蘇寺)에 들어갔다.

처음의 절 생활이었다. 아! 절이란 곳이 이렇게 고독한 곳이구나. 재수생 한 명만 남아 있는 절에서 밤이면 소나기처럼 쏟아지는 풀벌레소리며 산새의 외마디 울음소리에 절 뒷방에서 뒤척이다가 보름을 견디지 못하고 서천에 있는 처가를 거쳐서 다시 대구로 돌아왔다. 왜소하기 짝이 없는 의지박약한 나의 초라한 꼴만 보이고 다녔으니 그 낭패감이 어떠했을 것인가는 독자들께서 상상해보시기 바란다.

졸업시험까지 마치고 안면도 고향 가까이 매섬의 두봉이네(고종 사촌) 집에 들어 처음 사시(司試) 1차에 응시했으나 아직 틀이 잡히지 않은 공부여서 당연히 합격하지 못했다.

다시 불면과 극도의 불안감이 엄습하였다. 한약을 지어오고 아티반(신경안정제)을 구해 왔다. 섬마을 사람들은 저런 사람이 무슨 공부를 하느냐고 큰일 나겠다며 제발 말리라고 야단들이었다. 1차는 사시에 응시할 자격시험인 셈인데 이게 무슨 꼴이람.…… 머리를 삭발했다. 동생이 대천에 기름을 사러 갔다 오는 뱃길에 기계에 다리가 말려들어 다리를 부러뜨리는 사고가 이때 일어났다.

야간부나마 애환이 서린 교정을 하직하고 집에 돌아와 동생이 회복되는 것을 보고 짐을 꾸려 서울 이화독서실에 들어갔다. 그러나 나의 건강으로는 독서실 생활이 견뎌내기 어려울 뿐만 아니라 경제적으로도 견뎌내기 어려워 부여 무량사 도솔암으로 내려왔다. 조그만 암자여서 분위기가 아늑하고 뼈저린 고독으로 고생하지 않아도 좋았고, 아내도 왔다갔다하게 되어 마음에 들었다.

다행히 나와 동갑이며 10여 년을 한결같이 공부한 ㅈ씨를 만났다. 다소 성격이 병적으로 날카로운 것을 빼놓고는 그의 엄격한 공부태도는 나의 수험생활에 결정적 길잡이가 되어주었다. 도솔암에 근 1년 있는 동안 나의 기초실력은 여기서 어느 정도 닦아진 셈이다. 부근 산천도 수려해서 시시 때때로 등산과 소풍을 즐겼으나 ㅈ씨의 덕택으로 결코 공부하는 자세를 흐트러뜨리지는 않았다.

그해 가을이던가, 1차에 경제학과 문화사가 추가되었다. 잠시 도솔암에 와 있던 ㅇ씨가 경제학을 공부하면서 이 정도는 보아야 한다면서 보여주는 경제학 책은 수학 책인지 뭔지 분간이 안 되었다. 수학실력이 중졸 수준에 머물러 있던 나로서는 기절할 지경이었다(나중에 알고 보니 그 책의 저자는 경제수학이 전공이신 분이었다). 어쨌거나 이때부터 하루에 5,6시간씩 1차 준비에 시간을 쏟았다. 영어에 관계되는 노트는 거의 한 보따리 가깝게 되었고, 다른 과목은 별로 의도적으로 노트한 적이 없었으나(슬럼프를 극복하기 위해서 잡지 등에 있는 논문을 베끼는 일은 가끔 있었다) 경제학만은 자세한 노트를 만들었다. 이때 철저히 해둔 덕택으로 1차를 과히 염려하지 않을 정도가 된 것은 참으로 다행이었다.

여기서 한 가지 고마웠던 일은 나의 시재(詩才)에 대하여 회의를 품고 이미 시를 잊고 있었는데 11월이던가, 참으로 곱게 내리는 첫눈을 보고 시흥이 솟아 시를 다시 쓰기 시작한 것이다.

1973년, 이 때의 시를 모아 한국일보 신춘문예에 응모해서 낙선은 했으나 미당 서정주로부터 "당선작으로서의 위격(位格)을 지닌 작품"이라는 일단의 평가를 받게 되었다. 1973년 이른봄 무량사에서 산 하나 너머에 있는 아미산 중대암으로 자리를 옮겼다. 분규가 심해서 절 분위기가 다소 어지럽기는 해도 공부에 방해될 정도는 아니었다. 산수도 수려해서 산벚꽃이 흩어져 내리는 돌길을 산책하며 여기서 좋은 시도 몇 편 얻었고 나의 시심(詩心)도 여기서 어느 정도 밝아지지 않았던가 생각한다.

1973년 5월 성균관대학교에서 15회 1차를 보던 날 오전은 별일없이 시험을 치르고 아무 생각 없이 나를 따라오셨던 허빈이 스님(법명은 잊어버렸고 별명만 생각난다)과 함께 들에서 점심을 먹고 나무 그늘에서 책을 보다가 오후 시험 10분 전쯤 되어 교실에 들어가려니 현관문이 잠겨 있었다. 나뿐이 아니라 수십 명이 아우성인데 관리책임자 왈, 왜 40분 전에 참석치 않았느냐, 당신들은 응시할 자격이 없는 사람들이라고 소리치는 것이었다. 밀고 밀리고 하다가 우르르 몰려들어가서 가까스로 내 자리라고 앉고 보니 남의 교실에 앉아 있지 않는가. 다시 내 교실을 찾아가 자리에 앉으려니 뒤 따라온 관리자가 나를 복도로 끌어내는 것이었다. 아내의 얼굴이 떠오르고 자그마한 실수로 한 해를 허송하는구나 싶었다. 그때의 당혹감이란……. 거의 울음으로 나는 그들에게 사정했다. 나의 수험번호를 적으며 "시험을 보되 실격이니 그리 알라"는 협박을 받고 시험이 시작되고 나서야 자리에 앉았다. 담당 감독관이 나에게 와서 "마음을 진정하시오. 염려 말고 차분히 응시하시오"하고 위로해주었다. 그런 긴장 탓인지 마지막 영어시간 30분 전쯤에 갑자기 눈이 캄캄해지며 아물아물하여 시험지의 글자가 보이지 않았다. 이럴 수가, 이럴 수가……. 마음속으로 기도하며 문제파악도 정확히 하지 못한 채 칸을 간신히 메워 나갔다. 종료 5분 전에야 다시 시력이 회복되었으나 이미 때는 늦고 말았다.

시험을 마치고 산에서 내려와 처가에서 2차 준비는 전혀 생각지도 않고 놀고 있는데 어느날 오후 읍내에서 장인어른이 신문 한 장을 들고 자전거를 타고 들어오시며 "얘, 네 이름이 있다"고 소리치시지 않는가. 신문을 보니 틀림없었다. 참으로 불가사의한(비록 1차이지만) 합격이었다. 아, 나도 사시(司試)를 칠 자격이 있구나. 나도 모르게 마당에서 껑충껑충 뛰었다. 체통없이 구는 남편이 좀 안되었던지 아내가 부엌에서 나오면서 핀잔을 했다. 제정신이 들어 쑥스러워서 방으로 얼른 들어오며 아차 싶었다. 1차 시험을 보고 내려와 그대로 놀아버렸으니 이를 어쩐담. 2차까지는 고작 1주일쯤밖에 남지 않았으니…….

이튿날 부랴부랴 짐을 꾸려 절(중대암)에 올라가 감사기도 드리고 2차에 응시했다. 물론 합격을 바란 것은 아니었지만 과락 없이 52.70점이 나왔다.

중대암 생활도 그해 가을에 ㄱ대의 ㅂ씨가 오고 나서 풍운이 몰아쳤다. 워낙 놀기를 좋아하는 사람이어서 머루 다래 따다가 술 담그는 것이 일과이고, 자주 술 마시러 마을에 내려다니다가 마을 사람들과 싸움이 벌어지는 등 분위기가 어수선해서 대구 모교(母校) 도서실로, 달성

임체사로, 서울 기자촌 독서실로, 광천 정암사로 방황하다가 다시 시험 한 달 전쯤에야 마음의 고향 같은 아미산 중대암에 돌아와 있다가(이때 ㅂ씨는 가고 없었다) 16회에 응시하였다. 이 16회의 응시준비는 완전히 잘못된 방황 때문에 망쳐진 것이다.

이제 경제적으로 지탱할 수가 없었고 아내가 두번째 임신을 하였기 때문에 더이상 산에 머물러 있을 수도 없었다. 첫아이 때 아주 심한 난산을 경험했기 때문에 그냥 시골에 내버려둘 수도 없는 처지였다.

가까스로 도교위(道敎委)에 계신 은사님께 부탁드려 천안중학교에서 강사 노릇을 했다. 아니나다를까 7월 7일 오준호 산부인과에서 분만 중 아내는 동맥이 터져 피를 10병이나 수혈을 하고 가까스로 살아났다.

10월, 17회 공고가 가까워지자 나는 더이상 학교에 머물러 있을 수가 없었다. 더구나 그때 천안중학교는 '반공과 연구학교'라고 다른 사회과 교사는 모두 50대의 노교사들이었기 때문에 불가불 내가 주무(主務)가 되다 보니 여간 바쁘지 않았다. 부랴부랴 연구보고서를 미리 마련해주고 아내를 간신히 설득해서 고향으로 보내고 천원군 북면 신용복 씨 집에 들었다.

17회 1차는 합격했으나 2차 합격의 문을 두드리지는 못하였다. 잠시 공백기를 메우기 위해 2차 발표를 기다릴 것도 없이 한 두어 달 논문을 베끼다가 보따리를 싸들고 광주(廣州) 관음사와 산곡마을을 거쳐 1975년 여름, 북한강 상류 청평 삼회리 신동근 씨 댁에 짐을 풀었다. 놀기 좋은 곳이어서 저녁이면 뱃놀이도 하고 틈틈이 등산도 하였으나 좋은 공부 친구들 덕택으로 공부에 차질을 빚지는 않았다.

나의 능력부족인지 건강 탓인지 18회 2차도 무위로 끝나고 말았다. 이제 더 이상 무직을 견디지 못하겠기에 충북도교위에서 실시하는 중등교사 채용시험에 응시해서 1976년 3월 22일 제천고등학교에 부임하게 되었다.

아이들 수업을 해주다가도 가끔 울컥 치미는 알 수 없는 설움에 어쩌지 못하였다.

> 백주 대낮에
> 어느 돌이 흐느끼느냐
>
> 어느 늙은 돌이 이렇게도 설리설리 흐느끼느냐
>
> 나를 녹아내리게 하는
> 어느 돌의 흐느낌이냐
> 왜 흐느끼느냐
>
> ─「무제(無題)」 1976

어쨌든 이곳의 생활은 그동안 방황하던 불안정한 생활을 청산하고 일단 생활의 안정을 찾았다는 점에서 다행이었다. 제천 변두리 언덕바지 청전리 가난한 서민들 사이에 묻혀서 생활의 재미를 익히고 시를 쓰고 공부했다. 비록 충분한 시간확보는 못할망정 사시공부는 나의 생의 의미인 것처럼 잠재화되었으니 어쩔 수 없는 노릇이었다.

자칫 생활에 완전히 침몰되지 않으려고 발버둥치며 하루에 5, 6시간의 공부량을 유지해 나갔다. 수업이 없는 시간은 학교 도서실에서 책을 보다가 멍하니 창 밖 빈 과수원을 내려다보던 때에 시 한 편이 어렵잖게 잡혀졌다.

> 겨울 과수밭에서
> 고요히 흐르는 해류가 있다.
>
> 이따금 부는 바람에

빈 나뭇가지는 해초같이 떠서 흐른다.

이제 비로소 모든 것을 버림으로 해서 얻은 자유
가만히 귀 기울이면
가라앉은 바다의 허밍 코러스.

눈물겨운 가을 햇빛 속에 지탱해오던 풍만한 보람의 과일은
이 수심 모를 공허를 위한 예비.

밤으로 쓸쓸한 혼들이 모여
산호수(珊瑚樹) 사이 인어들이 해류에
머리를 헹구듯,
이 고요하고 슬플 것 하나 없는
허무에 머리를 감는다.

아직도 기다림이 남은 이여,
봄 여름의 푸르던 이파리의 여운도 다 지워지고
일렁이는 바다의 울음도 다 삭아서
맑은 공허만이 남아 있는
이 태고 같은 수심에
너의 마음을 누이렴.

—「겨울 果樹밭에서」 전문
(<중앙일보>, 1977년 1월 1일자)

이 때에 써 모은 시들을 응모해서 1977년도 중앙일보 신춘문예 시부
(詩部)에 당선되어 "신인으로서 갖추어야 할 자질과 응분의 역량을 지
녔다"는 선자 시인의 격려를 받고 햇빛을 보게 된 셈이었다. 물론 자기
위안이었지만 나의 인생의 의미가 이렇게 빈 것만은 아닌 것 같은 위안

을 받은 것이 사실이다. 따지고 보면 감당해 나가기 힘들었던 수험생활의 역정이 밑바탕이 되었으니 법학공부는 간접적으로 나의 문학수업이 되었던 셈이다. 당선 소감에 쓴 "매사에 너무 집착하지 말게. 집착은 자칫 미움을 낳고 자연의 음률(音律)을 어그러뜨리기 십상일세.……"는 내게 타이르는 나의 생활에 대한 역설적인 나의 위로의 말인 셈이었다.

문단에의 데뷔로 몇몇 좋은 분들을 만나 교유(交遊)하는 것은 좋았으나 그만큼 공부에의 집중이 흐트러진 것도 사실이었다.

이런 속에서 19회 1차는 합격했으나 2차 시험은 19회, 20회 모두 실패로 끝나고 말았다. 생활영역의 확대와는 반비례로 공부량의 절대부족이 원인이었고 엎친 데 덮친 격으로 복직 3년째 되던 해에는 3학년 대입반을 담임해서 밤 10시까지 아이들과 함께 생활해야 하는 처지가 되었다. 이 해에 아이들을 대학에 많이 입학시킬 수는 있었으나 법학공부는 엉망이 되어버렸다. 그동안 무리에 무리를 해서 제천에 자그마한 집을 하나 장만한 것과 나의 개인시집을 출판한 것이 조그마한 보람이었다. 그러나 21회 시험은 1차도 낙방하고 말았다. 참으로 참을 수 없는 상황이었다.

그냥 제천에서 있다가는 계속해서 3학년 대입반 담임을 해야 될 처지였다. 이럴 수는 없다는 생각에서 영동군 용문중학교로 자원전출하여 이곳에서 아무도 모르게 제3회 법원사무관 공채에 응시하여 합격하였다(1979년 7월). 전직을 해야 되는지 심각하게 고민하였다. 법원 일반직이 나의 최종 목표가 아니었을 뿐만 아니라 2차 합격자를 6주간 교육시킨 뒤에 3차 면접을 거쳐 80%만 최종합격시킨다니 생활에 빠져들 대로 빠져든 나에게는 위험하기 짝이 없는 일이었다.

그러나 주위의 강력한 권고와 아내와의 합의에 따라 연수에 임하기로 하고 고향에 인사차 갔더니 어머님께서 심한 몸살 감기로(그때는 그렇게 보였다)누워 계셨다. 곧 일어나시려니 생각하고 돌아와 영동 시골에 가족을 남겨두고 혼자 서울에 가서 교육을 마치고 최종합격통지를 받은 다음 11월 26일 대구지방법원 봉화등기소장 발령을 받고 이삿짐을 꾸리려는데 어머님께서 충남대학병원에 입원하셨다지 않는가.

폐암이라는 것이었다. 어머님께서는 누워 계시면서도 이것들이 월급도 못 받는 처지에 서울 올라다니며 뭘 먹고 사는지, 도와주지는 못할망정 정신 어지럽게 할 수 없다고 연락하지 말라시며 폐암인 줄도 모르고 그냥 한방약이며 시골병원에 다니시다가 갑자기 이리 되셨다는 것이었다. 너무 어머님께 무심했다는 참을 수 없는 양심의 가책으로 정신이 돌 지경이었다.

어머니께서는 12월 31일 돌아가셨다. 빈집 같은 고향집을 한 달만 더 지키라고 아내를 놓아두고 혼자 봉화등기소 사택에 돌아와 터지는 슬픔을 30여 편의 즉흥사로 달래었다.

한국인은 한이 너무 많아서 흥이 없으면 모두 미치고 말 것이다. 어머니는 섬 갯마을에서 태어나 흥타령 한 번 못해보시고 어깨춤 한 번 못 추어보신 채 왜 사는 건지 생각해볼 겨를도 없이 바삐 사시다가 쉰다섯으로 운명하셨다.

어머니 부르면
바람 같고
어머니 부르면
흙같습니다

어디로부터 왔는지 모를 어머니란 말
어디로 가는지 모를 어머니란 말

어머니 부르면

하늘이 가로막고
어머니 부르면
강물은 하염없이
흘러갑니다

어머니 불러도
멈추는 건 하나도 없고
영원히 영원히
흘러갈 뿐입니다

— 「어머니」, 1980

　제천에 있는 집을 처분하여 고향의 빚을 정리하여 드리고 막내동생
을 다시 재수시켜 대학에 진학시키기로 가족회의에서 결정했다.
　봉화에는 서예가 권덕기(權德基) 선생이 계셔서 가끔 청유(淸遊)를
즐겼고 글씨공부도 조금 했다. 그러나 이상스럽게도 공부는 이제 더 이
상 하려도 해도 할 수가 없었다. 이것이 노장들이 겪는 고질적인 슬럼
프려니 했다. 이제 체력도 달릴 대로 달려서 두 시간 이상 집중해서 책
을 볼 수가 없었다. 벗어나기 어려운 막다른 데까지 온 것 같은 심사였
다. 어쨌든 한 해만 더 하자. 1차 부담이 없으니 2차는 3 대 1 내지 4대 1
의 경쟁률밖에 안 된다. 출제경향으로 보아 교과서를 빠짐없이 두 번만
정독하면 합격할 것 같았다. 이번만은, 이번만은!
　11월 23일, 영양등기소를 거쳐 1981년 2월 24일자로 고향인 충남 태
안등기소로 이동발령을 받았다.
　공부하는 데는 역시 고향 가까이 오는 것이 많은 문제점이 있다. 괜히
고향 가까이 왔구나 하고 얼마나 후회했던지⋯⋯. 5월 4일이던가 시험
보러 갈 때까지 어찌 그렇게 잡다한 사건들이 연속해서 덮쳐오던지! 거기

에 지난 해부터 심화되어온 노장병형(老將病型) 슬럼프는 더욱 심화되어서 초인적인 의지력 없이는 버텨나갈 수가 없었다. 이번만! 그저 이번만! 그러다 보니 국민윤리 같은 과목은 4월에 와서야 책을 잡을 수 있었다.

시험장 앞에 숙소를 정하고 충분한 수면을 취하면서 응시했다. 작은 문제들에 다소 애를 먹은 셈이지만 무난하게 시험을 치르고 태안으로 내려왔다. 합격할 것 같았다. 6월 17일 오후 서울에 전화를 걸어 합격을 확인했다. 그저 담담하기만 했다.

감사합니다. 참회합니다.

공부할 수 있는 여건조차 갖추어지지 않은 자로서는 어머님을 비롯 너무 많은 분들께 죄를 저질렀습니다. 사법시험 공부가 주위에 있는 분들에게 이렇게 많은 심려를 끼쳐드리는 것인 줄은 미처 몰랐습니다.

> 바다 앞에 당도한 순례자가
> 바다를 앞에 하고
> 잠을 잡니다.
> 바다보다 넓고
> 편안한 잠을.
>
> 먼 데서 안개가
> 알 수 없는 배를
> 밀고 갑니다.
> 남은 건 알 수 없는
> 어둠의 잠.
>
> ―「풀잎의 노래」, 1981. 12

시집 해설

이 사람을 말합니다

― 局外者의 詩

羅泰柱(시인)

치운 한 겨울인데도 여름옷을 그대로 입고 다 닳은 검정 고무신을 끌면서 시골 버스를 타고 어디로인지 가고있는 여기 한 사람이 있습니다. 겨울 산골짜기에 선 낙엽 교목같이 몹시 추워보이는 모습의 깡마르고 키 큰 사내입니다. 차창 밖에는 깔리기 시작하는 땅거미를 지우기라도 하려는듯 푸슥푸슥 하얗고 굵은 눈이 내립니다. 그는 한손에 이불 보퉁이를 들고 또 무거워 보이는 책보퉁이를 하나 들고 있습니다.

그러니까 그는 산을 찾아 절간을 찾아 가는 사람입니다. 아예 그의 집은 미지의 산이요, 낯선 절간입니다. 그의 길동무는 구름이요 바람입니다. 운류행수. 이렇게 말하면 선뜻 가사장삼의 스님을 연상하실 터이지만 꼭이 그렇지는 않습니다. 그의 무거워 보이는 책 보퉁이 속의 책들이 두툼하고 까다로운 법학서적이 대부분인 걸 보니 고시공부하는 사람인 모양입니다.

그렇습니다. 판사 공부하러 가는 사람. 부모 처자 버리고 직장까지 내던지고 판사 공부를 하러가는 사람. 이것이 한때의 시인, 김기종의 모습입니다. 그러나 그의 책보퉁이 속의 어디엔가에는 언제나 몇 권의 불경책과 시집이 끼어 있었고 갱지나 편지지에 아무렇게나 휘갈겨 쓴 시의 원고도 끼어있기 마련이었습니다.

애당초 시인이 되려고 시를 쓰지않는 그. 공부하기 고달프고 집생각, 두고온 바깥 세상 생각, 참기 어려운 산 생활일 때면 쓰는 그의 시. 마음의 저 밑바닥에서부터 터져나오는 스스로도 다스려지지 않는 어떤 울음의 물결에 배를 띄워 보는 시. 거기서 이루어지는 활달한 몇 줄의 시.

물론 그의 열여섯부터 설흔 넘도록까지의 기인 시작수업이 바탕을 이루고 그동안 절을 찾아 다니던 나날에 체험적으로 습득한 불교적 교양이 받침이 되어주지만 그는 실로 무형식과 무작위의 시를 씁니다.

그저 자기가 좋아서 자기 흥에 겨워서 쓰는 시. 아무런 제약도 없고 또 아무런 형식을 갖고자 하지도 않는 시. 오히려 시가 아니어도 좋은 그런 시. 이것이 그의 시입니다.

그는 결코 그 스스로가 시인이기를 고집하지 않을 뿐더러 애당초 원하는 바도 아닌 그런 시인입니다. 그는 이미 시인이라 자칭하고 자각하게 될 때 알맹이로서의 시인일 수 없고 시를 쓴다는 의식으로 쓰여진 시가 결코 완전무결한 사무사의 시가 될 수 없다는 사실을 충분히 알고 있기 때문입니다.

말하자면 시의 울타리 안에 시가 갇히고 시인이란 독 안에 시인이 갇힌다는 사실을 일찌기 체득해서 알고 있기 때문입니다. 시인이란 의식 없이 시인인 시인. 시를 쓴다는 자각없이 쓰여지는 시. 이것이 시인으로서의 그의 진면목이요, 그의 시에 대한 정확한 확증이요, 그의 움직일 수 없는 시론입니다.

그는 절대로 한 번 써놓은 자기 시에 대하여 집착하려들지 않습니다. 그는 결코 자기 시와 남들의 시와를 비교하려들지 않습니다. 그의 시는 누에가 허물을 벗듯이 하는 그의 순화된 한 순간 한 순간 정신집중의 허물에 지나지 않습니다.

어쩌면 그는 겉으로 가사장삼만 걸치지 않았지 그대로 절반의 스님인지도 모릅니다. 하기사 스스로 거사 자리에 자신을 놓고 살아가는 그니까 이건 오히려 당연한 말인지도 모르겠습니다.

밖에 서 계신 이 거 누구요?

문을 여니 마당에 고요가 가득하다.

어제는 밤새내 범벅봉 떠가려는
淸나라 떼도적들 목도소리 웅성거리더니
그 범벅봉도 그냥 저렇게 의젓이 對坐했다.

아하
靈山殿에서 넓은 소맷자락을 펄럭이며 내려오시는 이
震默스님이로구나.

그 哄笑, 醉한 소리 더덩실 춤이 될 것 같은데
산 위에 달 오르니
스님의 웃음소리 구름 위를 달린다.

문 닫고 누웠으니 문 밖에 발자국 소리
필시 阿彌陀佛님의 마당을 서성이는 큰 걸음소리라
흰 종이문 비친 달에 마음이 비어간다.

문 열고 나가보니
阿彌陀佛님은 極樂殿 臺 위에 오르셔서
跏趺坐를 틀고 앉아 계신지
달 비친 구름은 실낱같이 풀리고
마당 가운데 塔만이 홀로 하늘과 속삭이고 있다.

이건 그의 「밤」이란 시의 처음부터 끝까지입니다. 마당에 가득한 고요를 볼 수 있는 그의 눈. 아미타불님의 큰 걸음소리와 구름 위로 달려가는 진묵 스님의 홍소 소리를 들을 수 있는 그의 귀, 이건 실로 보통의 눈과 귀가 아닙니다. 오직 그만이 가질 수 있는 눈과 귀입니다.

불교에 대한 폭넓은 이해와 체험이 허락을 하지 않고서는 도저히 쓸수 없는 시입니다. 그러나 그는 시에 있어서 이미 시인이면서도 시인이아니기를 바람하듯이 불교에 있어서도 불교의 처마밑에 깊숙이 들어와 있으면서 불교의 처마밑에 스스로 깊숙이 들어와 있다는 것을 인정하려들지 않습니다.

여기에서 그의 시와 종교는 출발하게 되고 한 생명의 비밀을 갖습니다. 고여진 물은 쉬이 상하기 마련이고 자기 충만은 포기와 답습과 폐쇄를 낳는다는 것을 너무나 잘 알기에 그는 나아가 비시인, 비신자로서의 시인, 불교신자이고자 하는 사람입니다.

이토록 불교정신, 동양정신의 숨은 뜻을 깨닫기 까지에는 그의 오래인 방황기가 있었음을 우리는 가히 짐작할 수 있습니다. 소년기의 그는 고흐와 로댕에게 심취한 미술소년이었고 라이너 마리아 릴케와 헤르만 헷세의 서구 정서에 흘린 문학소년이었습니다. 더 나아가 그는 문학이고 미술이고 다 팽개치고 야간법대를 독학으로 그것도 장학생으로 졸업할 수 있었던 억척배기 법학도였습니다.

이어 고시공부. 고시공부하느냐 전국 각지의 내노라하는 명산과 사찰을 찾아다니던 시절에 배우게 된 불교. 비로소 그의 시는 이토록 까다롭고 이질적인 방황과 기인 회귀를 거쳐서만 싹트게 됩니다. 잃을 건다 잃어버리고 버릴 건 다 버린 뒤에 찾아드는 황혼처럼 그는 너무나차분하고 너무나 노숙한 목소리의 주인으로 돌아온 것입니다.

남의 나라 땅을 걸어서 고향의 언덕에 돌아온 자의 눈에 비치는 모든 풍경은 그저 안쓰럽고, 감사롭고, 가난한 것들이기에 더욱 소중스러울 수 밖에 없습니다. 이것이 바로 그의 오늘날의 시의 현주소입니다. 이와같은 그의 시와 인생과 불교를 더욱 자세히 알자면 할 수 없이 그의 시를 읽을 수 밖에는 없는 일입니다.

그의 시를 읽어보면 익히 아실 일이지만 그는 또한 시의 아름다움을 누구보다 잘 아는 시인입니다. 모든 사람이 읽고 감동하고 이해해야만 비로소 시일 수 있다는 시의 등식을 너무나 잘 알고 또 믿는 시인 중의 한 사람입니다.

오히려 그는 고집을 가진 투철한 자기 시론과 자기 시 정신에 입각해서만 시를 이루는 시인입니다. 나를 울릴 수 있는 시가 남도 울릴 수 있고 나에게 좋은 시가 남에게도 좋은 시라는 너무나 당연하고도 소박한 이론을 잘 아는 시인입니다. 이제 아무도 그가 하고자 하는 일과 그가 쓰로자 하는 시를 어찌할 수는 없습니다.

그는 그의 길을 앞으로 계속해서 가라고, 그는 그의 시를 그 방법대로 계속해서 써나가라고 권하는 도리밖에 딴 방법이 우리에겐 없음을 우리는 압니다. 앞으로 그가 살아갈 그의 인생, 앞으로 그가 만들어낼 그의 시에 관한 한 그가 시와 불교에 있어서 다같이 국외자였듯이 그에게는 여러가지 기대를 제외하고는 우리들도 철저한 국외자들일 수밖에 없기 때문입니다.

蛇足

기종! 1977년 벽두의 중앙일보 신춘 당선의 쾌거에 이어 이번에 첫 시집을 갖는다니 그저 두렵고 가슴 설레이기만 하오. 벗의 그 오랜 동안의 슬픔의 응어리들이 보석이 되어 이제 만천하의 환시 속에 빛나기 시작하려는 계제요. 또한 첫시집의 감격을 갖는 벗의 그 신선한 기쁨이 부럽기만 합니다.

기왕 시의 길에 들어섰으니 아웃사이더의 순수도 좋지만 좀더 푸로 의식에 의한 시인 공화국의 일등시민이 되어주었으면 하오. 다른 어떤 것에 비해서라도 좋은 시를 써서 이땅에 남긴다는 것은 일찍이 우리가 바램했듯이 진저리칠만큼 좋은 일이 아니겠소?

우리 더욱 좋은 시를 써서 우리가 어린것들에게 남겨줍시다. 우리 열 다섯 열여섯 소년시절부터의 무거운 멍에를 이제야 늦게나마 벗게되 어 진실로 진실로 기쁘오. 하기사 우리의 이 기쁨은 윤야중 은사님, 진 문섭, 원종린, 한상각 은사님, 그리고 대전의 벗 김영준, 그분들에게도 무척이나 큰 기쁨의 하나일 것으로 믿어집니다.

그리고 또 기종의 시를 좋게 보아 신춘시에 뽑아 내세워 주신 서울의 박희진, 성찬경 사백님들, 그분들에게 얼마나 대견한 일이겠소? 앞으로 우리 다같이의 건필을 마음해 봅니다.

(1977년. 초여름)

기다림의 海流와 마음의 空間

— 金洞玄論

崔東鎬(문학평론가·경희대 교수)

　　동양의 성인들은 하루에 세 번 자신을 반성하였다고 한다. 그 반성의 내용이 무엇이었는가를 쉽게 말하기 어렵지만, 적어도 그것이 자기 자신과 대화를 갖는 기회가 되었을 것임은 틀림없다.

　　자신과 대화를 한다는 것은 스스로를 확인하는 과정일 것이다. 반성이라고 해서 그것이 꼭 잘못된 일을 자책하는 것만은 아니다. 근원적으로 인간은 자의식을 근거로 삶을 영위하는 존재라 할 때 어떤 의미에서건 자신과 대화를 갖는다는 것은 자기 성찰의 과정에서 빼놓을 수 없이 중요한 일일 것이다. 세상을 살면서 인간이 하는 모든 일은 자신으로부터 출발해서 다시 자신에게로 돌아가기 때문이다. 그것은 흙에서 태어나서 흙으로 돌아가는 인간의 육신과도 같은 궤적을 갖는다.

　　시를 쓰는 행위도 이와 같은 것이 아닐까 생각해 본다. 시인은 시를 쓰면서 수 없이 자신을 돌이켜 볼 것이다. 그러므로, 선인들은 시를 수양의 기본적인 척도로 삼기도 했다. 시와 인격을 동일시 했던 것이다. 오늘날 작품과 시인을 구별하자는 주장이 넓게 퍼져 있음에도 불구하고, 필자는 진실한 자기 수양없이 쓰여진 시가 있다면 그것은 그 근본에 괴리감을 지닌 것이라 말하지 않을 수 없다. 시는 자기 성찰이라고 정의할 수도 있다는 것이다. 특히 서정시의 경우 극도로 축약이 된 자기 고백적인 장르에서 헛된 거짓말이 통용될 수 없다는 것이다. 거짓된 시가 용납된다면 그것은 일시적인 현혹일 뿐이며, 결국은 헛된 분식과 자기 기만이 드러날 때 그 시적 허구성이 명백해질 것이다.

金洞玄의 첫 시집 『겨울 果樹밭에서』(1977, 이때의 필명은 金奇鍾)와 이제 출간하려는 제2시집 『새』를 읽으면서 이와 같은 생각이 내내 필자의 머리 속에서 지워지지 않았다. 그만큼 그의 시들은 진솔한 자기 고백이라 느껴졌으며, 남에게 과시하려는 것보다는 자신과의 대화를 그 나름의 시적 방법으로 형상화시키고 있음을 엿볼 수 있었다. 이런 지적은 그를 시인으로서 폄하한다는 뜻이 아니다. 오히려 그만큼 더 꾸밈없는 인간의 목소리를 접할 수 있다는 점에서 그의 시들은 기성 문단의 공해에 덜 오염됐을 뿐만 아니라, 이를 더욱 긍정적으로 평가할 수 있다는 것이다.

이제 그의 시집 『새』에 관해서 논하기 전에 첫 시집 『겨울 果樹밭에서』를 약간 검토해 보는 것이 순서일 것이다. 이 시집은 「序詩」를 포함하여 모두 50편의 시집으로 묶여졌으며, 그가 중앙일보 신춘문예에 당선한 지 불과 6개월 후에 이 시집이 출간된 것으로 보아 공식적인 작품 발표를 하기 전에 이미 그에게 상당기간의 습작기가 있었음을 알 수 있다. 이 작품들 중에서 우선 필자의 시선에 들어 오는 것은 「山房에서」와 같은 시이다.

> 하얗고 맑은 것이 밤새 잎사귀 위를 굴러내리네.
> 말씀은 놓고 가세요.

여기는 어디쯤인가? 마음을 하얗게 펼치니
귀엽고 쬐그만 아기보살이 그 위로 뛰어가네.
여기는 어디쯤인가?
마음을 접어서 배를 띄웠지.
달 아래 물살 가르는 하얀 뱃길에……
말씀은 없었네, 산골 물소리나 한 바가지 떠다놓고 친구할까나.

—「山房에서」, 전문

이 시의 화자가 山房의 달빛 아래서 하얗게 펼치는 마음과 흘러가는 산골 물소리를 떠다 놓고 친구를 삼으려는 마음은 모두 순백한 것이다. 여기가 어디쯤인가 하는 질문도 내적 거리를 드러낸다는 점에서 흥미롭다. 이와 같은 山房 체험은 어딘가 趙芝薰流의 山寺체험을 연상시키는 점이 있다. 이 시절 그의 생활은 현실을 떠난 것이지만, 도회적 삶의 공간에 속해있는 현대인들에게 삶의 세계가 새롭게 느껴질 수도 있을 것이다.

이와 같은 시적 세계에서 金洞玄이 거느리고 있는 정신적 심층에는 동양적 자연관이 자리잡고 있으리라 보이는데, 또한 복고적이거나 정태적인 일면도 여기에 잠복되어 있음을 간과할 수는 없다. 그러나, 그는 이를 슬기롭게 극복할 수 있는 시적 예지를 지니고 있었다. 「겨울 果樹밭에서」와 같은 시에는 이런 측면들이 성공적으로 형상화되어 있다.

겨울 果樹밭에서
고요히 흐르는 海流가 있다.

이따금 부는 바람에
빈 나뭇가지는 海草같이 떠서 흐른다.

이제 비로소 모든 것을 버림으로 해서 얻은 自由.
가만히 귀 기울이면
가라앉은 바다의 허밍 코러스.
눈물겨운 가을햇빛 속에 지탱해오던 豊滿한 보람의 과일은
이 水深 모를 空虛를 위한 豫備.

밤으로 쓸쓸한 魂들이 모여
珊瑚樹 사이 人魚들이 海流에
머리를 헹구듯,
이 고요하고 슬픈 것 하나 없는
虛無에 머리를 감는다.

아직도 기다림이 남은 이여,
봄 여름의 푸르던 이파리의 餘韻도 다 지워지고
일렁이는 바다의 울음도 다 삭아서
맑은 空虛만이 남아 있는
이 太古같은 水深에
너의 마음을 누이렴.

─「겨울 果樹밭에서」, 전문

이 시에서 볼 수 있는 것처럼 그는 겨울 果樹밭의 정적 속에서 이따금 씩 부는 바람을 海流의 움직임으로 인식할 뿐 아니라 그 속에 일렁이고 있는 자신의 기다림을 정화시킬 줄 아는 시적 역량을 갖고 있다. 이 점 에서 본다면 그는 이미 성숙한 시적 통찰력을 갖고 있었다고 하겠다. 이 와같은 시적변용은 상당기간 계속된 그의 山房 체험에 근거한 자기성 찰의 힘으로 가능한 것이라 보이는데, 이 체험이 시인으로서 그의 품성 을 도야하는 중요한 계기가 되었을 것이다.

이 시에는 金洞玄의 시가 지닌 여러 측면이 다각적으로 함축되어 있다고 필자는 생각한다. 기다림이 그렇고, 마음의 공허가 그렇다. 모든 것이 비어 있는 공간은 마음의 공간이며, 이 공간이 바로 그의 시적 상상력이 거하는 공간이라는 것이다. 이 공간에는 기다림과 허무가 함께 충만되어 있는데 그의 삶의 자세에서 기다림을 비울 줄 아는 삶의 지혜를 터득하고 있다는 점에서 모든 것을 비운 공간, 그 깊이 속에 太古같은 水深이 있고, 거기에서야 자유롭게 자신의 마음을 누일 수 있는 공간이 허여된다는 것이다. 이를 뒤바꿔 말하면, 그는 아직도 강렬한 기다림이 남아 있고, 그 속에는 얼마간 세속적 욕망이 담겨 있겠지만 그것을 다스리기 위한 마음의 공간이 필요했던 것이다. 풍만하던 과수가 떨어진 자리에서 그가 성숙에 대한 갈망을 은밀한 기다림으로 표현하고 있음을 생각해 보라.

이런 점에서 그의 시가 끝없는 자기 성찰의 시이며, 자신과의 대화의 시라는 점이 분명해진다. 그는 이런 삶의 수업과정에서 비움으로써 충족시키는 동양적 인생관을 체득한 듯하고 이 욕망으로부터의 정신적 자유가 그의 시의 중요한 토대가 되었다고 하겠다. 그는 시만이 전문적으로 수업한 시인이라 할 수는 없지만 그의 시가 단순히 여기로 쓰여진 것은 결코 아니다. 그의 시적목표가 예사로운 것이 아님을 우리는 「序詩」와 같은 시에서 직감할 수 있다.

진흙을 이겨
독을 하나 지으리

몸뚱이에는
세월이 묽혀놓은
나의 숨결과 몸짓과

하잘 것 없는 근심들은
묽게 묽게 무늬지어 바르리

한밤의 갈대 밭에
나의 독을 놓으리
나는 따로 담아놓을 것이 없기에

그저
때때로 빗물이 고이고
고인 빗물에 밤이면 마알간 가을달이 비치고
이리 저리 방황하던 바람이
빈 독을 맴돌다가
갈 뿐

세월이 가면 한 개씩
금이 가리

―「序詩」, 전문

　　사실적 요소가 완전히 가셔진 것은 아니지만 이 시에서 볼 수 있는
것처럼 자연의 이법에 따르려는 화자의 심적 태도는 성숙되어 있으며,
의연함까지 함축하고 있다. 이럴 경우 화자는 하잘 것 없다고 말하지만
그 하잘 것 없는 것의 중요성이 그가 놓아 둔 독 속에 담길 것이다. 바람
과 빗물 그리고 달빛이 어울려 스쳐가는 삶을 이룬다는 것은 그의 자연
인식이 피상적인 것이 아님을 알 수 있다. 그가 진흙을 이겨 만든 독은
그의 시이기도 하다. 그 시를 '세월이 가면 한 개씩 / 금이 가리'하고 노
래할 수 있다는 것은 시적인 명성과 같은 자기 과시를 탐하지 않는다는
無欲淸淨心을 지닌다는 점에서 우리가 눈여겨 보아야 할 점이다. 제2시

집『새』에 수록된 시들을 일별하여 볼 때『겨울 果樹밭에서』를 출간한 이후 그의 시적 변모는 묵시적으로 드러나는 것이기는 하지만 중요한 양상을 나타내고 있다. 일단 그것은 山房에서 市井으로 삶의 터전을 옮긴 데서 연유하는 것이 아닐까 한다. 물론 그의 첫 시집에서 볼 수 있던 자연시편들이 계속된다. 그러나 자연은 이미 그의 시의 핵심에 자리 잡고 있는 것이 아니다. 어디까지나 일상적인 삶의 반영으로서의 자연이다. 그런 점에서 趙芝薰流의 산사체험의 시에서 朴木月流의 일상체험의 시로 변전하였음을 뜻하는 것이라고도 하겠다.

> 구름이
> 등 비비며 맞대로 엉기다가
> 슬슬 허물어진다.
> 허물어지며 하늘에 엷게 음악을 깐다.
>
> 구름이 허물어져도
> 허물어진 빈 구름 자리에
> 무언가 단단히 엉겨서 허물 수 없는 것이 있다.
>
> 구름이 허물어진 데를 걸어가는
> 사나이.
> 신발 끄는 소리가 허물어진다.
> 허물어지는 소리가 비에 젖는다.
>
> ─「구름을 보며」, 제1-3연

화자는 구름을 보고 있지만, 그것은 산가의 하늘을 스쳐가는 구름이 아니다. 그럼에도 구름이 허물어지는 곳에서 음악을 연상하는 것은 바다의 허밍 코라스를 인식하는 것과 같은 그의 특유한 시적 인식이며, 또

한 허물어지는 공간을 포착하는 것도 독특한 통찰이다. 여기서 드러나는 시적 세계를 필자는 첫 시집에서 볼 수 있던 심적 공간의 해체라고 명명하겠으며 그것은 시정의 빗물에 젖는 시적 화자의 심정 상황을 단적으로 시사하는 것이라 하겠다.

> 허물어지는 것은 구름.
> 한 줄기 소리죽여 허물어지는 음악.
> 허물어지는 네 마음 속
> 허물어지는 음악은 아름답지.
>
> ─「구름을 보며」, 제6연

　그는 앞서 인용한 제3연에서 허물어질 수 없는 것을 말하였고, 위의 제6연에서는 허물어지는 음악의 아름다움을 말하였다. 허물어지는 것과 허물어지지 않는 것의 상충이 그의 심리적 갈등을 시사한다. 허물어질 수 없는 것, 허물어지면서도 아름다운 것이 그의 해체의 시 핵심에 도사리고 있는 문제다. 요컨대, 비움으로서 충만할 수 있던 시적 세계가 중대한 변모를 겪는 것이다. 이 비움의 공간을 표출한 시들은 「가을 물소리」, 「봄」, 「신항리」, 「숲 속의 빈 터」, 「우는 돌」 그리고 「낙화」 등에 계속된다.

> 아침에 까치가 울면 반가운 손님이 오신다지
>
> 아침마다 빈 마을에 까치가 울어도
> 빈 마을은 빈 채로 날이 저물고
> 속 빈 공허함의 정결함이여

그런대로 정결한 빈 마을에
오냐 젊은 사람은 모두 도시로 나가고
우리야 빈 대로
욕심도 비우고
손도 비우고
아침마다 까치가 우는 미류나무를 올려다 볼 뿐이다

빈 마을 논뚝을 가로질러
그림자처럼 어쩍어쩍
노을 속을 걸어 갈 뿐이다

—「신항리」, 전문

이와 같이 우리는 텅빈 마음에 울리는 까치의 울음에서 공허함의 정결을 느낄 수 있으며, 스스로 비울 수 있는 정신적 미덕도 발견할 수 있다. 이 시에는 도회와 농촌의 대립, 충족과 공허의 상관성이 극명하게 드러나고 있는데, 이 이중성은 시인 자신의 삶의 실상이면서 우리들 모두의 삶의 현장이기도 하다. 그러나, 이 비어 있으므로 아름다운 세계는 신항리가 그러한 것처럼 이 시인의 마음의 고향이며, 그가 근본적으로 자연 시인임을 입증하는 예라고 하겠다. 이 마음의 고향을 잃지 않으려는 노력은 그가 현실적 삶의 어려움 속에도 자신을 잃지 않으려는 노력과 동일한 것이다. 위의 시 마지막 연의 사실적인 묘사에서 부각되는 것처럼 노을 속을 걸어가는 시적 화자는 이 시의 내면 의식을 투영하는 듯하다. 그가 아무리 현실적인 난관에 부딪칠 지라도 이 마음의 공간은 사라지지 않는다.

산골짜기쯤
홀로 피었던 산벚꽃

꽃잎 하나씩 질 때마다
먼 바다에서는
듣는 이 없는
은은한 우뢰가 칠 지도 몰라

아아
그리움도 여의고
저 혼자 지는 꽃잎

다 지고 나면
지울 수 없는
부연 흔적이
내 마음 허공에 그려져 있음이여

—「낙하2」, 전문

　마음의 허공에 그려져 있는 결코 지울 수 없는 흔적은 이 시인의 마음의 고향이다. 세월의 깊은 여울 헤치고, 수심의 가장 깊은 데까지 떨어져 내리는 꽃잎들이 남긴 흔적이야말로 작고 미세한 것들에 눈길을 주는 아름다운 시심에 의한 통찰력이 아니라면 투시하기 힘든 현상일 것이다. 그의 이런 시심은 인간에 대한 연민으로 퍼져나가는데, 「착한 이를 추억함」이나 「悲歌」와 같은 시편들은 그의 시들 중에서 비극적이면서 아름다운 삶의 인식을 드러내는 예로서 주목된다. 물론 14편의 연작시로 묶여진 「悲歌」의 경우 어머니의 죽음을 애도하였다는 강박감으로 인하여 비극적 감정이 겉으로 노출되어 시적 긴장이 약화되는 점을 느낄 수 있지만, 다음과 같은 시에서는 특유한 시적 절제력이 적절히 발휘되어 우리의 공감을 불러 일으킨다.

해변에, 아니 뻘밭에 한 여인이
조개를 줍습니다 아주 초라한 여인이
게를 잡습니다.

허나 이것은 환상일 뿐
그렇게 단단하던 생활이 일순이 지나자
환상일 뿐입니다.

오직 무어라고 규정지을 수 없고 미화시킬 수 없는
뻘물이 우리들 가슴 가득히
밀려오고 있을 뿐입니다.

—「悲歌/7.뻘물」, 전문

이 가슴 가득히 밀려오는 뻘물이야말로 생생한 체취로 파도처럼 밀려오는 비극적 감정을 박진감 있게 드러낸다. 그것은 자신의 감정을 뻘물로 객관화시켰을 뿐만 아니라 서투른 분식이 가미되지 않았기 때문에 이루어지는 시적 효과일 것이다. 비움으로서 충만하는 그의 시적 방법론의 한 단면을 여기서 볼 수 있는 것이다. 그가 좀더 자신의 시적 방법을 예각화시킨 작품으로 우리는 「새」와 같은 시를 거론할 수 있는데, 이는 그가 정신의 이법에 대한 슬기는 물론 감각적 날카로움도 아울러 지니고 있음을 보여 준다.

넘어가는 저녁햇빛이
건너 산 아랫마을 유리창에 반사되어
문득 그늘에 접힌 내게로 온다.

비애

숨어드는 비애는
숨어들어 고웁다.

—「새」, 제1-3연

유리창에 반사되는 저녁 햇빛을 직감하는 이 시인의 시적 감응은 날카롭다. 그 햇빛을 다시 '비애'로 변용시킨 것도 고도의 시적 감수성에 의한 것이다. 이와 같은 시적 전개는 필경 다음과 같은 응답으로 귀결된다.

밀려오는 어둠은
별같이 영롱한 슬픔을 뿌린다.

적막은 비애를 맑게 씻는다.

밤중만큼 깊은 샘에서
하얀 새가
하늘로 날아 오른다.

—「새」, 제5-7연

저녁햇빛이 있으면, 머지않아 어둠이 다가온다. 비애는 적막의 샘에서 정화되며, 거기서 하얀 새가 날아 오른다. 이런 시적 반응은 그의 감각적 예민성을 드러낸 것이라고 보이는데, 이 시에서 새는 이 시인의 상승적 의지를 표현하는 상징적 매개물이다. 물론 '밤중만큼 깊은 샘'과 같은 표현이 산문적이란 아쉬움이 있다. 그러나, 거의 찰라적으로 반응되어 솟아오르는 새의 심상에서 필자는 그의 무의식 세계에 도사린 의식의 그림자를 느낀다. 「悲歌」와 「우는 돌」등과 더불어 그의 이번 시집에서 가장 긴 연작시 중의 하나인 「풀잎의 노래」에서도 이런 단서가 발견된다.

캄캄한 어둠 속을
바람이 붑니다.
이제 비로소 이 어둠 속에 나의 전신은 떨리며
외롭고 슬픔으로 해서 나의 가슴은 열리고
저 영원한 하늘 끝까지 울려퍼질 노래가 나올 듯합니다.
　　　　　　　　　　　　　—「풀잎의 노래 4」, 제 1연

　이와 같은 처절한 절망감을 벗어나 그의 노래가 보다 자유로운 시적 공간을 획득하는 것은 다음과 같은 상황에서다.

새가 웁니다.
저 새는 내가 못 다 운 울음을 웁니다.
아침에도 울고 저녁에도 웁니다
울음은 한 잎씩 꽃이파리가 되어
바다에 내립니다.

새가 웁니다.
저 새는 억만 시간을 못 다 운 울음을 웁니다.
나의 울음만도 아니요, 당신만의 울음도 아닙니다.
울음은 한 잎씩 꽃이파리가 되어
고요히 고요히
가장 깊은 심연의 바다까지 가라앉습니다.
　　　　　　　　　　　　　—「풀잎의 노래 10」, 전문

　이 시에서 새는 화자의 울음에서 더 나아간다. 새의 울음은 꽃이파리가 되고, 바다의 심연에 가라앉는다. 이 새는 시적 화자가 못 다 운 울음에 도달할 수 있는 상상의 새이다. 모든 존재자들이 부딪치는 근원적인 울음을 운다. 이 새의 울음이 바다의 가장 깊은 심연에 도달할 수 있는 것은 새가 본질적으로 상승을 의미하기 때문이다. 가장 깊이 가라앉을 수 있는 자는 가장 높이 날 수 있다. 김동현은 상승적 심상보다는 하강적인 심상을 택한다. 비움으로 채우는 것과 같은 겸양지덕에서 그간보다 안정된 방식으로 상상의 자유를 획득할 수 있기 때문이다.

그러나, 그의 상승적 의지가 좀더 큰 위기에 부딪칠 때 그는 다시 자연으로 돌아갈 것을 본능적으로 갈구한다. 그의 시에 있어서 자연회귀는 거의 원형적 모태라고 느껴진다.「江山集」과 같은 연작시에서 이를 읽을 수 있다.

> 멀리서 환청처럼 들려오는
> 무언가 큰 것이
> 자꾸
> 무너지는 소리
>
> 돌아가거라
> 돌아가거라
>
> ─「江山集2」, 제4-5연

그가 돌아갈 곳은 어딜까. 그리고 환청처럼 들려오는 무너지는 것은 무얼까. 그리고 그는 어떻게 그 곳으로 돌아갈 수 있을 것인가. 그의 이런 갈등은 어디서 연유하는 것인가. 우리는 이와 같은 여러 의문을 제기할 수 있을 것이다.

> 붉게 타는 저녁놀 속에
> 수만 마리 까마귀가 춤춘다

돌아가거라 돌아가거라
멀리 돌아가는
물소리 하나

—「江山集3」, 제4-5연

    저녁 하늘을 덮는 수만 마리의 까마귀는 불길하고 절망적인 심적 상황이 극대화 되었음의 표징이다. 그렇다. 그는 이 심적 위기에서 '물소리 하나'와 더불어 자연으로 돌아갈 수 있다. 그것은 「山房에서」와 같은 산골 물소리의 세계로 시인을 돌아가게 할 것이며, 그와 같은 세계에서 그는 마음의 조화를 얻을 수 있을 것이다. 山房에서 市井으로 돌아온 그가 市井에서 山房으로의 지향을 드러낸다는 역설적 상황과 부딪친다. 그러나, 그는 이미 그런 세계로 돌아갈 수 없다. 그가 이 마음의 고향을 잃지 않는 유일한 길은 현실을 떠나는 것이 아니다. 치열한 자기와의 싸움을 통해서 현실에서의 자아를 확립하는 일이다. 어떤 면에서 그는 이 마음의 고향을 상실할 지도 모르는 심각한 위기에 부딪쳐 있다. 그것은 단순히 삶의 터전이 바뀌었기 때문이 아니다. 삶의 터전과 동시에 의식의 집중점이 바뀌었기 때문일 것이다. 적어도 그는 山房체험 시절에는 의식과 삶이 일체화될 수 있었다. 시적 공간은 삶의 공간이기도 했던 것이다. 그가 이 공간의 해체를 적극적으로 대처하지 않는 한 이 공간의 해체는 시의 해체를 가져올 지도 모른다. 이런 위험성은 그의 시가 잘못하면 딜레땅뜨의 그것이 되기 쉽다는 점을 암시해준다.

이제 저녁을 먹었으니
다만 고향바다를 내 안에 불러들여
바닷가에 꽃게나 한 마리 놀게 해야지.

—「바람이」, 제5연

이와 같은 마음의 여유는 그것대로 유여한 것이 될 수 있다. 그러나, 이런 삶의 세계에 안이한 타성이 틈입된다는 사실 또한 간과할 수 없다. 그것은 일상적인 삶의 타성이 가져다 주는 외면적인 넉넉함일 수도 있다는 것이다. 공허와 충만의 변증법적인 전개가 일상적인 삶의 난관을 헤쳐나가면서 전개될 때에서야 그의 시적 성취는 고양될 것이다. 비어 있으므로 순수하고 아름다울 수 있는 山房체험의 세계와 달리 그러한 마음의 공간을 허락하지 않는 현실의 어려움과 부딪쳐 나아갈 때, 그의 세계는 단순히 비어 있으므로 아름다울 수는 없을 것이다. 그것은 가히 비극적이다. 현실을 극복하기 위해서 악마적 속성을 지닌 현실을 받아들이지 않을 수 없다는 것은, 그가 애써 지키코자 하는 순백한 마음의 공간을 쉽게 허락하지 않기 때문이다. 이럴 경우 그의 고뇌는 다음과 같이 표현될 것이다.

> 하늘에서 내리는 피비
> 누구 것인지 모르는 관을 안고
> 나는 손바닥으로 관 위의 핏물을 닦아낸다
>
> 이하(李賀)는 스물에 백발이 된 꿈을 꾸고
> 통곡했다는데
> 나는 서른 다섯에 백발이 된 꿈을 꾸었다
>
> 누구 것인지 모르는 관을
> 백발인 내가
> 슬픔도 없이 끌어안고
> 피비 내리는 하늘을 본다
>
> —「꿈」, 전문

하늘에서 피비가 내리고, 나는 백발이 되었다. 이것은 단순한 꿈이 아니다. 그는 심각한 자기 갈등의 심층을 꿈 속에서 투시한 것이다. 이 전율적인 자의식과 더불어 그의 의식의 심층에서 자연으로 돌아가는 산골 물소리가 서로 어긋나지 않는 한 그의 시는 결코 긴장을 잃지 않을 것이다. 그는 여기에 슬기롭게 대처할 것이다. 그것은 서두에서 밝힌 바와 같이 그가 자기 성찰의 시인이라는 점에서 그가 슬기롭게 이에 대처할 가능성을 찾을 수 있다. 우리는 그가 쉽게 마음의 공간을 잃지 않을 것이라는 확신을 가질 수 있다. 한걸음 나아가 우리가 그의 시에서 읽을 수 있는 山房에서 市井으로, 그리고 市井에서 山房으로 전개되는 시적 흐름은 공허와 충만의 시적 방법과 더불어 우리들 일상인들의 삶에도 적용될 수 있는 정신적 편력이란 점에서 우리에게 중요한 정신적 자양이 될 것이다. 무엇보다 다음과 같이 버려진 자의 진실을 아름답게 노래할 수 있는 시적 역량은 우리로 하여금 그의 시를 되풀이하여 읽게 만든 것이다.

　　　　들을 건너가는 구름 그림자 따라
　　　　보리밭에 바람 불면

　　　　들 가득
　　　　죽은 절뚝발이 이서방의
　　　　흐느끼는 호드기 소리

　　　　배 고픈 한낮
　　　　찔레꽃 덤불 너머
　　　　소방울 소리

하늘에서
날개를 달고 내려 온 소가
죽은 절뚝발이 이서방의
발바닥을 핥는다

—「착한 이를 추억함」, 전문

어느 겨울날 보는 이 없이 움막에서 홀로 죽은 마음씨 착한 이서방을 애도하는 이 시는 봄날의 따사로움 속에서 들려오는 호드기 소리로 인하여 간절한 호소력을 전달해 온다. 절뚝발이 이서방은 아마도 굶어 죽었을 것이라 여겨지는데 소가 그의 발바닥을 핥는다는 것은 뛰어난 시적 현상이다. 찔레꽃 덤불도 고통스러웠던 이서방의 삶과 밀접한, 그리고 상징적인 뜻을 지니고 있다. 이처럼 삶과 죽음을 투시하는 그의 시선은 삶에 있어서 인간적 연민과 더불어 자기 성찰의 의미가 무엇인가를 깨닫게 해준다. 이 글에서 미처 언급하지 못한 그의 자연시편들과 아울러 다음과 같이 아름다운 시를 읽으며 우리는 새삼 자신을 돌이켜 볼 수도 있을 것이다.

무엇을 잃는 것이
때로는 이렇게 고맙고
맑을 수도 있으니
내 화창한 꿈의 들녘에
이마에 꽃을 단 들소 한 마리 놓아줄거야

—「봄」, 제4-5연

그렇다. 잃은 것은 고맙고 맑은 것이다. 비움으로써 우리는 정결하게 자신을 충만시킬 수 있을 것이다. 그의 화창한 꿈의 들녘에서 잃어버림으로써 맑아져 자신을 새롭게 바라보는 시선을 가져보자. 그렇게 할 때 기다림의 海流로부터 우리에게 번져오는 마음의 공간에서 우리도 얼마간 정신적 자유를 누릴 수 있을 것이다. 이마에 꽃을 단 들소 한 마리와 더불어 꿈의 들녘을 걸어 보자.

수필풍의 시집평

―金奇鍾 兄과 張二斗 스님

천 상 병(시인)

天祥炳 선생이 돌아가시고 난 후인 1995년 무렵일까 목순옥 여사가 인사동에서 경영하는 찻집 '歸天'에 들렀더니 천상병 선생의 유품을 정리하다가 나의 첫 시집 『겨울 과수果樹밭에서』에 관해서 쓴 원고를 발견했다면서 다음에 오라는 것이었다.

며칠 후 목여사로부터 원고 복사본을 받고 난 나의 마음은 우선 후회스러웠다. 천상병 선생의 생전에 구상 선생과 함께 천상병 선생을 몇 차례 만나긴 했지만 내가 천상병 선생에게 "지금 내 이름 김동현(金洞玄)은 1979년 겨울에 개명한 이름이고 <중앙일보>(1977년) 신춘문예 당선 당시의 본 이름은 김기종(金奇鍾)입니다."라고 밝혔던들 천 선생님은 아마 반가워서 팔짝팔짝 뛰시고 나로부터 세금(술값)을 수월찮게 갹출하셨을 것이다.

비록 장이두 스님의 시집 『겨울 빗소리』에 관해서 쓰신 글 때문에 내 시집(시집 출판 당시의 본명 金奇鍾)에 관한 글은 원고지 6~7매에 불과하지만 생면부지의 시골 서생에게 이만한 격려 말씀도 다시 없으리라. 선생이 단 일분(一分)만이라도 만나고 싶다시던 이 김동현을 몇 차례 만나보시고도 못 알아보셨으니 이 또한 인생은 얼마나 깊고 오묘한가.

아무려나 천상병 선생님 조금만 기다리십시오. 천상에도 주막이 있을 테고 저도 선생님의 시 「歸天」처럼 천상에 가서 선생님 만나서 술 많이 사드리겠습니다.

— 저자

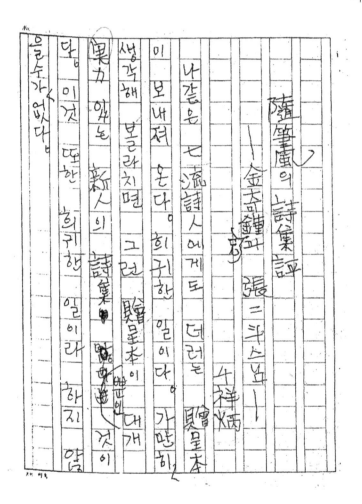

天祥炳 시인 친필

나 같은 칠류시인(七流詩人)에게도 더러는 증정본(贈呈本)이 보내져 온다. 희귀한 일이다. 가만히 생각해 볼라치면 그런 증정본이 대개 실력(實力) 있는 신인(新人)의 시집뿐인 것이다. 이것 또한 희귀한 일이라 하지 않을 수가 없다.

우선 내 머리맡 책무리 가운데서 열기(列記)한다면 김기종(金奇鍾)의 『겨울 과수果樹밭에서』(七七年 九月 발행), 張二斗 스님의 『겨울 빗소리』(七八年 四月 발행), 미국 뉴욕의 정지양(鄭智陽)의 『다듬이소리』(七四年 十二月 발행), 이규호(李閨豪)의 『꽃집 食口의 첫 事件』(七三年 一月 발행), 박의상(朴義祥)의 『봄을 위하여』(七七年 一月 발행), 추명거(秋明姫)의 『鳶』(七六年 八月 발행) 등이다.

그런데 이 여섯 시인 중에서 미리 내가 이름을 알고 교분(交分)도 있었던 시인은 박의상 시인 단 한 사람뿐이다.

딴 다섯 시인은 책을 보기 전에는 이름도 몰랐고 따라서 교분은 그냥 캄캄 무소식이었던 사람들이다. 어떻게든지 빨리 만나기라도 해서 보고 싶은 마음 간절하지만 元來가 게을러 빠지고 비사교적(非社交的)인 나는 어째야 할지를 모를 따름이다.

박의상 씨는 서울대 商大인 나의 후배라서 진작 알고 있었고, 氏의 직장에도 찾아간 일이 단 한번 있었는가 하지만 요새 십년간에는 단 한 반도 만난 적이 없고 직장이 어디로 옮겼는지도 모르고 나는 다만 안타까울 따름이다. 이 六人의 시인 시집에는 반드시 나의 비평적인 독후감을 똑똑하게(욕심 같아서는) 발표하고야 말 것이다. 아 내가 大邱의 박곤걸(朴坤杰) 시인의 이야기를 안 했는데 그건 있었던 박곤걸 시집이 어디로 처박혀 있는지 눈에 띠지 않기 때문이다.

그렇지만 차차 찾아내고야 말테지. 그러니 조금도 섭섭하게 생각지 말고 몇 달 뒤에 나의 독후감을 접하게 될 것이다.

며칠 전에 시인 박정만(朴正萬) 씨가 신문 오려낸 것 투성이를 내한테 빌려 주었다. 그것은 중앙일보에 조연현(趙演鉉) 선생님이 해방이후 문단사를 수상(隨想)식으로 쓰신 것으로 박정만 씨 말이 내 이야기도 쓴 대목이 있더라고 하면서 빌려 주어서 밤샘을 하면서 다 읽었다.

읽다가 나는 소스라치게 깜짝 놀랐다. 지금의 <現代文學>의 전신인 <文藝>에서 評論 추천을 끝낸 사람은 나 하나밖에 없다고 조연현 선생님은 명중(明證)하고 계시는 것이다.

그런데 나는 요새 시 생각을 하노라고 옛날에 평론을 썼었다는 것을 까맣게 잊어버리고 지내 왔던 것이다. 그러니 앞으로는 더러 평론에도 관심을 기울이겠으니 수필풍으로라도 이 여섯 시집에는 꼭 감상문(感想文)을 쓸 것을 다시 약속하는 바이다.

*

서론이 하도 길어졌는데 위선 김기종(金奇鍾) 형과 장이두(張二斗) 스님의 시집 독후평부터 써야겠다.

시집에 있는 사진에서 보니 장이두 스님의 나이가 더 많은 것 같아서 스님 작품부터 분절 검토해야겠다. 이건 나의 소박한 경로심(敬老心)의 발로니 김기종 형은 조금도 섭섭하게 생각하지 말기 바란다.

사진을 아무리 보아도 장이두 스님은 55세 가량 되어 보이니 김기종 형! 이해하리라 믿소.

그런데 더 놀란 것은 이동주(李東柱) 씨의 「머릿말」을 읽고서다. 머리말 뒷 부분에 "法住寺의 住持스님이면 불교계(佛教界)에선 상당(相當)한 자리다"라는 구절이 있지 않은가. 그러니까 장이두 스님은 법주사(法住寺) 주지(住持)셨던 것이다.

불교계의 중진(重鎭)인 법주사의 주지스님께서 우리 시단에 관여(關與)한다는 것은 그 만큼 우리 대한민국의 현대시의 판도가 넓어지고 깊어졌다는 사실의 반영이 아니고 무엇이겠는가.

우리 시가 이렇게 넓어지고 깊어졌다는 데에 나는 쌍수(雙手)를 들어 한국 현대시인들의 지금까지의 쓸쓸하면서도 고달팠던 「詩作 괴로움」의 빛나는 결실을 보는 것 같아서 마음 흐뭇함을 축복해야겠다.

그건 그렇다 치고 나는 날 때부터 권세(權勢)나 권력(權力)을 시시하게 알고 경원(敬遠)하는 게 습성이 되어있어서 아무리 張二斗 스님이 법주사 주지라 하더라도 작품질에는 더 냉혹(冷酷)하게 관평(觀評)하려고, 한마디 한마디 한 구절 한 구절 냉엄(冷嚴)하게 읽었다.

그런데 이런 내 태도는 금시 봄에 얼음이 녹듯이 스르르 사라지고 경의감(敬意感)에 온 마음이 술렁이고 삼분지 일 정도만 읽고 나는『겨울 빗소리』를 그만 덮어버렸다.

다 읽기에는 아니 더 읽기에는 내 마음의 수평이 균형을 잃고 흔들렸기 때문이다. 이 글은 수필풍의 시평이기 때문에 짤막하게 써야하기에 시인용을 못한다는 것이 百萬지유감이다. 평소의 내 마음의 수평선의 균형을 잃고 흔들거린 이유를 시를 인용할 수가 없으니까, 밝힐 수가 없어서 할 수 없이 결론부터 말해야겠다.

저 사람은 도통(道通)한 분이다. 라고 우리는 너무나 멋있고 너무나 마음이 너그럽고 너무나 깊이 아는 사람을 두고 말한다.

張二斗 스님이 도통한 사람이라고 하기에 앞서서 단 한 가지 예를 들겠다. 장이두 스님의 시집 三分의 二에 해당하는 시에는 「물소리」라는 말이 끼여 있다. 도대체 어부도 아니고 선장(船長)도 아닌 스님이요 시인인 양반이 왜 이렇게 「물소리」라는 말을 좋아할까?

「깊은 밤에 깨어 나는 물소리」도 있고 「설레이는 湖水에 끝없는 神

祕의 물결 소리」도 있고 「어디까지 가다가 잠을 잘 개울물 소리」라는 것도 있다.

이 세 가지 물소리는 다 제각기 다른 詩에서 뽑은 것이다. 「깊은 밤에 깨어나는 물소리」란 말의 참 뜻을 아는 사람은 손을 들어보시오. 깊은 밤의 물은 고요하기만 하는 게 일반적이다. 소리가 없는 게 절대적이다. 폭포나 계곡물 흐름의 물은 물론 소리가 나기 마련이다.

그러나 깊은 밤의 고요하디 고요한 물 속에서 무슨 놈의 소리가 난단 말인가. 「깨어나는 물소리」라고 하지만 물은 언제나 잠잠해서 자는 것 같이 억지로 인위적(人爲的)으로 볼 수도 있겠으나 「깨어나다」니 물소리가 어떻게 깨어난단 말인가. 물에 눈이 있어? 코가 있어? 물이 억지로 억지로 어거지를 써 잠자고 있다고는 말할 수는 있을지 모르나 어찌하여 「깨어난다」는 말을 할 수가 있을까? 고요히 고여 있는 물이 잠자고 있다고 말할 수 있는 반면 깨어 있다고도 왜 말할 수 없겠는가고 張二斗 스님은 정색으로 사유(思惟)하고 있는 것이다. 좀 똑똑하고 교양있는 사람이 호수의 물을 잠자는 물이라고 생각하는 것도 너무나 시적이다.

그러나 張二斗 스님은 그 물을 「깨어나는」 물로 우리와는 차원을 너무나 높게 관조(觀照)하는 것이다. 물이 사람인 양 아니, 물이 룡(龍)인 양 깨어나도, 보시오. 물은 저렇게도 고요하고 깨끗하고 아무 불평과 싸움질도 없다고 張二斗 스님은 무의식적으로 의식하고 있는 말이 아닐까. 무의식의 의식으로 가장 詩心 밑바닥에서 자연의 오묘한 섭리를 일깨우신 張二斗 스님에게 새삼 도통한 시인이라고 부르는 사람이 있다면 그는 아주 속기(俗氣)의 속기(俗氣)로 가득 물들어버린 거지같은 자식이다. 아주 소박하게 말해도 張二斗 스님은 도를 되려 다스리는 양반이시다.

김기종(金奇鍾) 兄. 너무 일사천리로 한 토막이나마 張二斗 스님의 기지(氣志)를 깨려고 하다보니 너무 매수(枚數)를 잡아 먹었구려.

金 兄에게는 한가지 말만 하겠오. 奇鍾 兄이 시집을 부쳤기에 며칠 두었다가 하도 심심한 시간에 마침 『겨울 果樹밭에서』가 손에 잡혀서 읽었더니 그 순간부터 그 날밤을 나는 고스란히 밤샘을 한 것이 아니라 기쁨에 들떠서 즐거움에 못 이겨 밤도 잊어버리고 독서(讀書)와 독후사념(讀後思念)에 지샜소.

그리고 다음날 아침 「金奇鍾」이라는 제목의 詩를 써서 중앙일보의 <季刊美術> 편집장인 김형수 씨(金炯秀 氏)를 찾아가 中央日報에 發表되도록 해달라니까, 내가 가져간 詩를 읽어 보더니 뜻밖에도 사실은 金奇鍾 兄 당신이 중앙일보의 新春文藝 當選者라는 것을 말하면서 중앙일보에서 일부러 그런 시를 지으라고 청탁해서 발표하는 것이 아닐까 하고 독자들이 생각할지도 모르니까 이 詩만은 다른 문학잡지에 발표하라고 하는 것이 아니겠는가. 내 하고 김형수 씨(金炯秀 氏) 사이는 이십년간 넘은 막역(莫逆)한 사이로 안 통하는 것이 없었는데 그런 말을 들으니 그만 맥이 탁 풀려서 二·三年 지난 뒤에 본격평론으로 취급할까 하고 지금까지 있었소.

그런데 김기종 형 오히려 잘 되었소.

앞에 말한 張二斗 스님과 같은 훌륭한 시정심(詩情心)이 계시니 나보다 장이두 스님이 兄의 시의 순수성과 불교성을 극구 칭찬하실 거요. 빨리 법주사로 그 『겨울 果樹밭에서』를 보내시오.

내한테 있는 『겨울 果樹밭에서』를 법주사로 잠시 빌려 드릴까 하다가 하루도 단 하루도 형의 시집과 떨어져 있기가 싫어서 그냥 뒀소.

빨리 장이두 스님과 김기종 형을 단 일분이라도 좋으니 대면하고 싶습니다.

맑은 공허만이 남아 있는 태고 같은 수심(水深)

— 김동현의 시세계

유성호 (문학평론가, 한양대학교 인문대학장)

1. 깨끗했고 고독했던 한 영혼이 남긴 시편들

김동현(金洞玄, 1944~2013) 시인은 1944년 7월 14일 충남 서산군 안면도에서 태어났다. 공주사범학교를 졸업하였고, 이번에 전집을 준비한 나태주 시인과는 사범학교 동기동창이었다. 나태주 시인의 영향으로 시를 알게 되었고, 훗날 나 시인의 여동생 나희주 선생과 결혼하여 두 사람은 처남-매제 사이가 되었다. 교사 생활을 하면서 일찍이 나태주 시인과 2인 동인지『구름에게 바람에게』를 출간하였고, 뜻한 바 있어 영남대학교 법학과를 졸업하고 사법고시를 준비하게 된다. 1977년 중앙일보 신춘문예에「겨울과수밭에서」가 당선하였고, 그해 첫 시집『겨울 과수밭에서』(시문학사, 1977)를 펴냈다. 1979년에 그동안 쓰던 본명 김기종(金奇鍾)에서 김동현으로 개명하였으며, 1981년에 고시에 합격하여 변호사 개업을 하고 인권변호사로 활동했다. 이후『새』(청하, 1984),『바퀴의 잠』(인문당, 1992) 등을 펴내 생전에 모두 세 권의 시집을 간행하였다. 첫 시집은 '김기종' 이름으로, 뒤의 시집들은 '김동현' 이름으로 펴냈다.

김동현 시인은 2013년 1월 13일 별세하였는데, 이번에 10주기를 맞아 나태주 시인의 정성스런 준비로 묶이는『김동현 시전집』(국학자료원, 2023)은 그가 지상에 남긴 시편들이 얼마나 정결하고 처연한 내면세계를 담아낸 집성(集成)인지를 충일하게 보여주고 있다. 대체로 김동현이 남긴 개개 시편들은 시인 스스로의 실존적 고투를 핵심 내용으로 삼으면서 거의 다 일인칭 고백 양식으로 구축되어 있다. 자연스럽게 그 안에는 새로운 삶의 질서를 마련해가려는 젊은 시인의 남모를 열망이 담겨 있다. 물론 그것은 새로운 가치를 생성하려는 것이라기보다는 지상에서 사라져가는 어떤 정신적 위의(威儀)를 복원하려는 경우가 훨씬 더 많았다. 그래서 그 안에는 시인 특유의 '경계 없음'에 대한 열망이 그려지게 되었고 시인의 창의적 열정이 매개될 수밖에 없었을 것이다. 김동현의 시는 이러한 서정시의 속성과 원리를 범례적으로 보여주면서, 삶의 근원과 궁극에 동시에 착목한 결실이다. 한 시대의 불모성에 대한 유력한 항체를 상상적으로 발화함으로써 시인 자신이 오래도록 그리워했던 표상들을 만나게끔 해준다. 여기서 말하는 '그리움'이란 감상(感傷)을 동반한 것이 아니라, 오히려 어떤 존재론적 갈망에서 오는 근원적인 것이 아닐 수 없다. 끝없이 고독했고 깨끗했던 한 영혼이 남긴 그 언어의 세계로 한 걸음씩 들어가 보도록 하자.

2. 고요와 단순의 감각을 통한 삶의 긍정

서정시는 우리의 감각과 사유를 질서 있고 구심적인 차원으로 인도해가는 언어예술이다. 특별히 그것은 짧고 함축적인 언어적 형식에도 불구하고 원초적 통일성을 회복하려는 속성을 확연하게 지향하게 마련이다. 김동현은 단호하고 직관적인 세계를 통해 이러한 특유의 질서를 이루어가는 과정을 보여줌으로써 우리에게 심미적 경험을 또렷하게 선사해준 시인이다. 그 과정은 대체로 유한한 시간의 흐름에 얹혀 사라져가는 존재자들을 품어 안는 방식을 통해 삶의 고통을 성찰하고 감당해내려는 모습으로 이어져간다. 삶의 오랜 기다림을 진정성으로 완성하려는 의지가 차오르는 그 순간은, 스스로의 삶에 대한 궁극적 긍정에서 발원하는 세계이기도 할 것이다. 그렇게 존재의 근원을 찾아가는 첫 시집의 동선(動線)을 한번 따라가 보자.

밖에 서 계신 이 거 누구요?

문을 여니 마당에 고요가 가득하다.

어제는 밤새내 범벅봉 떠가려는
청나라 떼도적들 목도소리 웅성거리더니
그 범벅봉도 그냥 저렇게 의젓이 대좌했다.

아하
영산전에서 넓은 소맷자락을 펄럭이며 내려오시는 이
진묵스님이로구나.

그 홍소, 취한 소리 더덩실 춤이 될 것 같은데
산 위에 달 오르니
스님의 웃음소리 구름 위를 달린다.

문 닫고 누웠으니 문 밖에 발자국소리
필시 아미타불님의 마당을 서성이시는 큰 걸음소리라.
흰 종이문 비친 달에 마음이 비어 간다.

>
문 열고 나가보니
아미타불님은 극락전 대 위에 오르서서
가부좌를 틀고 앉아 계신지
달 비친 구름은 실낱같이 풀리고
마당 가운데 탑만이 홀로 하늘과 속삭이고 있다.
　　　　　　　　　　　　　—「밤」, 전문(『겨울과수밭에서』)

　　젊은 날 여러 사찰에서 고시 공부에 진력했던 때의 경험이 담긴 시편이다. 윤동주는 「무서운 시간」에서 "거 나를 부르는 것이 누구요"라고 했는데, 김동현은 "밖에 서 계신 이 거 누구요?"라고 물었다. 두 시인 모두 내적 공간과 바깥 공간을 분리한 후에 바깥에서 누군가 자신과 함께 하고 있음을 느낀 것이다. 그런데 문을 열어보니 마당에 가득한 밤의 고요만이 시인을 반겨줄 뿐이다. 그리고 시인은 영산전에서 넓은 소맷자락 펄럭이며 내려오는 조선조 선승 '진묵스님'을 바라본다. 스님의 홍소(哄笑)며 취성(醉聲)이며 춤과 웃음소리까지 보고 듣는 시인의 품이 가히 크고도 넓다. 다시 문을 닫고 듣게 된 바깥의 발자국소리는 "아미타불님의 마당을 서성이시는 큰 걸음소리"로 번져간다. 아마도 그 실체는 "흰 종이문 비친 달"이었을 것이다. 결국 시인은 문을 열고 나가 한밤 동안 달 비친 구름만이 풀리고 있고 마당에는 외로운 탑만이 하늘과 속삭이고 있음을 알게 된다. 문의 안쪽과 바깥쪽을 넘나들면서 시인이 상상하는 선승과 아미타불의 "어둠을 곁에 두고 속삭이는 소리"(「봄밤」)를 통해 밤은 그렇게 돋을새김되어간다. "고요 속에 빛무늬로 아롱진"(「부르심」) 시어와 뛰어난 감각으로 인해 이 작품은 김동현 초기 명편으로 기록될 것이다. 그래서 나태주 시인은 첫 시집 발문에서 "겨울 산골짜기에 선 낙엽 교목같이 몹시 추워 보이는 모습의 깡마르고 키 큰 사내"를 일러 "시의 아름다움을 누구보다 잘 아는 시인"이라고 했을 것이다. 다음 작품은 어떠한가.

> 사금파리만한 햇빛 한 쪼가리가 산꼭대기를 돌고 있네.
> 나를 따르던 그림자가 소멸해 가네.
> 산골짜기에 새소리만 가득하네.
> 내 산책길은 요만큼에서 돌아가야만 하네.
> ─「일몰」, 전문 (『겨울과수밭에서』)

이 단아하게 잘 짜인 짧은 가편(佳篇)은 해질녘에 보이는 '햇빛'과 '그림자'의 대위법을 순간적으로 포착한 작품이다. "사금파리만한 햇빛 한 쪼가리"는 빛의 잔상(殘像)을 남기고 사라져가고, "나를 따르던 그림자"도 사위는 빛을 따라 소멸해간다. 사위가 어두워지자 산골짜기에는 새소리만 울리고, 시인이 빛에 의지해 걷던 산책길도 어느새 멈추어지고 그는 다시 돌아가야만 한다. '일몰'의 순간에 교차하는 빛과 그림자, 청각과 시각, 사물과 시인 사이의 역동적 교호 과정이 눈부시게 다가오는 감각 시편이다. 그러니 시인은 첫 시집 곳곳에서 "산골물소리나 한 바가지 떠다놓고/친구"(「산방에서」)를 삼는다든지 "빗방울 떨어진 자리마다/여리디여린 꽃술"(「자유」)을 하염없이 바라볼 수 있었을 것이다. 이처럼 김동현은 자신의 첫 시집을 통해 시간의 흐름을 따라 사라져가는 것들을 명민한 감각으로 불러와 그 아래의 심연을 발견해간다. 그에게 시간이란 시를 감싸는 불가피한 조건으로 언제나 등장하고 있고, 시인은 시간 속에서 존재의 소리를 듣고 자신만의 존재 전환을 실천해간다. 그때 비로소 존재 확인과 성찰의 이중 작업이 수행되는 것이다. 자연스럽게 그가 꿈꾸고 복원한 시간은 순결했던 지난날을 회상하면서 동시에 근원으로 회귀해가려는 지향을 포괄해간다. 그렇게 시인

은 시간에 대한 유니크한 해석을 통해 한시적 소멸을 통한 불멸의 순간
을 회구해가게 된 것이다.

　　겨울과수밭에서
　　고요히 흐르는 해류가 있다.

　　이따금 부는 바람에
　　빈 나뭇가지는 해초같이 떠서 흐른다.

　　이제 비로소 모든 것을 버림으로 해서 얻은 자유
　　가만히 귀 기울이면
　　가라앉은 바다의 허밍 코러스.

　　눈물겨운 가을 햇빛 속에 지탱해오던 풍만한 보람의 과일은
　　이 수심 모를 공허를 위한 예비.

　　밤으론 쓸쓸한 혼들이 모여
　　산호수 사이 인어들이 해류에
　　머리를 헹구듯,
　　이 고요하고 슬플 것 하나 없는
　　허무에 머리를 감는다.

　　아직도 기다림이 남은 이여,
　　봄 여름의 푸르던 이파리의 여운도 다 지워지고
　　일렁이는 바다의 울음도 다 삭아서

　　맑은 공허만이 남아 있는
　　이 태고 같은 수심에

너의 마음을 누이렴.

　　　　　　　　　　　—「겨울 과수밭에서」, 전문 (『겨울 과수밭에서』)

1977년 신춘문예 당선작이기도 한 이 시편은 겨울철이 건네주는 "맑은 공허"와 그 안에서 희미하게 울려나오는 "태고 같은 수심(水深)"을 노래하고 있다. 시인은 겨울과수밭에서 여전히 "고요히 흐르는 해류"를 느낀다. 이 고요에 대한 강렬한 애착은 '시인 김동현'을 키운 마음의 흐름이 고요 속에 존재한다는 것을 다시 한 번 알려준다. 그는 그만큼 소요(騷擾)와 혼돈을 버리고 일관되게 고요와 단순을 택한다. '겨울과수밭'이야말로 모든 수확이 끝나고 텅 비어 있는 고요와 단순의 공간이 아닐 것인가. 해초처럼 흐르는 "빈 나뭇가지"는 이제 모든 것을 버림으로 비로소 얻게 된 시인의 내면적 '자유'를 표상한다. 역시 고요에 귀를 기울이면서 시인은 "가라앉은 바다의 허밍 코러스"와 "수심 모를 공허"를 듣고 몸으로 안아 들인다. 이 겨울 풍경은 "고요하고 슬플 것 하나 없는/허무"를 선사하고, "아직도 기다림이 남은 이"로 하여금 "일렁이는 바다의 울음도 다 삭아"가는 시간을 알아가게끔 해준다. 그 맑은 공허 안쪽이야말로 김동현의 시가 창작되는 더없는 공간이었을 것이다. 그러니 '겨울과수밭'은 "밀려도 밀려도 건져내일 수 없는 그리움"(「꿈길」)이 생성되는 진원지이자 시인으로 하여금 "내가 할 수 있는 것은 산 것이나 죽은 것이나/미워하지 않고 걱정해주는 것"(「구름농사」)이라는 고백을 가능하게 해준 존재론적 귀속처이기도 했을 것이다. 이처럼 김동현은 무일(無逸)의 세계를 하염없이 암시하면서 삶의 구체성과 보편성을 하나로 묶어간다. 요컨대 '밤'과 '일몰'과 '겨울'에 이루어내는 감각의 균형을 통해 서정시의 지경(地境)을 한층 넓혀간 것이다. 최상의 효율성과 수행성의 시대에 대한 성찰과 함께 상처의 치유, 사랑의 고백, 인생의 탐구 등 중요한 서정시의 기율을 우리에게 남겨준 것이다. 서정시의 원천이 삶의 마땅히 있어야 할 것들의 부재에 대한 상상적 처방을 추구하는 데서 찾아진다는 점에서, 김동현의 고요와 단순의 감각을 통한 삶의 긍정 과정은 단연 빛을 발하는 것이었다고 우리는 말할 수 있을 것이다.

3. 근원적 비극성의 발견과 삶으로의 귀환

두 번째 시집 『새』로 옮겨가 보자. 이 시집에는 어떤 소망이 좌절되고 나타나는 근원적 인간 조건의 한계랄까 하는 것들을 온몸으로 받아들이는 시인의 모습이 약여하게 나타난다. 그는 모든 것이 사라져가는 과정을 존재자의 실존적 조건으로 수납하면서, 삶과 사물에 대한 근원적 비극성을 하나 하나 깨달아간다. 그리고 그것을 자신의 삶과 등가적 원리로 결합하려는 은유적 속성을 자주 구현해간다. 사물의 고유성을 흐려가는 시간의 가혹한 흐름에 맞서 그의 상상력은 그러한 비극성을 주체의 자기 표현에 힘껏 원용해간다. 또한 그것은 사물과 주체의 긴밀한 조응 과정을 보여주는 '시적인 것'의 원리가 되어주기도 하는데, 주체의 시선으로 사물의 근원적 비극성을 발견하고 그 응시의 힘으로 삶을 성찰하고 그리로 귀환하는 이러한 원리는 김동현 시의 움직일 수 없는 선순환 기율이라고 할 수 있을 것이다. 또한 그 응시의 힘으로 시인은 다시 스스로의 삶에 역설적 생명을 불어넣을 수 있었을 것이다.

> 나무가 바람에 흔들리운다
> 바람은 바람이다
> 설레이는 건 나무뿐이다
>
> 바람은 불다가 자죽없이 사라진다

자죽없이 사라지거라
흔들리는 나무도 사라지거라

흔들리는 것마다
바람처럼
사라지거라

흔들리지 않는 것도
사라지거라

남는 것은 단단하고 깨지잖는 허무
허무도 사라지거라
자죽없이 사라지거라

—「바람 부는 날」, 전문 (『새』)

갈밭머리
노을에 물드는 구름

노을 속에
서 있는 목매기

산 그늘에 잠기는
두어 줄기 저녁 연기

강둑으로 쏠리는
연기 묻은 하늬바람

언덕 넘어 사라지는
하얀 그림자

—「가을 저녁」, 전문 (『새』)

이 아름다운 두 편의 작품은 모든 존재자들의 사라짐, 그리고 그 후에 충분히 가라앉은 내면의 고요를 다시 한 번 드러낸다. 바람 부는 날 나무들은 바람에 흔들리고 설레지만, 바람은 불다가 자죽없이 사라질 뿐이다. 하지만 자죽없이 사라지는 것은 바람만이 아니어서 결국 흔들리는 나무도 사라지게 된다. 그렇게 모든 흔들리는 것들과 흔들리지 않는 것들도 바람처럼 사라지는 것이다. 그렇다면 모두 사라지고 나면 무엇이 남게 될까? 시인은 "단단하고 깨지잖는 허무"만이 항구적으로 지속된다고 말한다. 하지만 그 허무도 자죽없이 사라지라고 말하는데, 이 마지막 명령은 결국 불가능성에 도달할 것이고 우리는 모두 바람처럼 허무만을 남기고 떠나갈 것이다. 그런가 하면 갈밭머리 위로 번져가는 노을, 물드는 구름, 노을 속 목매기, 산 그늘에 잠기는 연기, 그 저녁 연기가 묻어 있을 하늬바람 등은 모두 우리네 한 시절을 풍부하게 증언하는 확연한 세목들이다. 가을 저녁에 바라보는 이 아름다운 풍경들 끝에 시인은 "언덕 넘어 사라지는/하얀 그림자"를 배치하였다. 결국 모든 것은 노을처럼 구름처럼 연기처럼 사라져가고, 시인은 "화창한 꿈의 들녘에서 잃어버림으로써 맑아져 자신을 새롭게 바라보는 시선"(최동호, 해설)만을 구축해 낸다. "맑디 맑은 무언가가/열기를 여윈 서늘한 불꽃으로 피어"(「바람이」) 나는 순간이나 "허물어지는 네 마음 속/허물어지는 음악"(「구름을 보며」)을 들으면서 사라짐 속의 맑은 허무를 바라보는 것이다.

아스라한 허공 들녘 끝에서
점점이 소멸하면서 오는
밤의 소리들

고독은
손금 얼크러지듯 서성인 시냇물같이

가즉이 스며드는데

아아 소멸해가는 것들이여
아직 소멸하지 못해서 외로운 것들이여

손금같이 흘러가는 시냇물에
기운 달이 부서지며
멀리 떠내려 가고

아 우리도…… 알 수 없는 빈 들녘을 건너
먼 하늘 끝으로
점점이 소멸하면서 가는
밤의 소리들
　　　　　　　　　　　　　　　　　　　—「봄밤」전문(『새』)

미지의 형상으로
돌 속에 잠겨있는 너

나는 천년을 더 기다리리라
돌 속의 너의 형상이 익을 때까지

천년 후
조심스러이 나의 끌과 망치는
익은 너의 형상을 드러내리라

안개 속에서
산이 그 이마를 드러내듯

나의 가슴 속에 숨어 있다가

마알갛게 익은
상아빛 투명한 모습으로

조용한 법열같이
드러나는 너

—「시」, 전문 (『새』)

봄밤에 시인은 "아스라한 허공 들녘 끝"에서 들려오는 "밤의 소리들"을 듣고 있다. 점점이 소리들은 소멸해가고 고독은 손금 얼크러지듯 가득 스며든다. 그렇게 세상은 "소멸해가는 것들"과 "아직 소멸하지 못해서 외로운 것들"로 구성되어 있다. "손금같이 흘러가는 시냇물에/기운 달"도 부서지며 떠내려 가고 결국에는 우리도 빈 들녘 건너 "하늘 끝으로/점점이 소멸하면서 가는/밤의 소리들"로 사라져갈 뿐이다. "한 잎씩 꽃이파리가 되어/고요히 고요히/가장 깊은 심연의 바다까지"(「풀잎의 노래」) 가라앉아가는 존재자인 것이다. 또한 김동현 시인은 '시'라는 의미심장한 제목의 시편에서 '시'야말로 "미지의 형상으로/돌 속에 잠겨있는" 존재이고 시를 쓰는 이는 돌 속 '너'의 형상이 익을 때까지 천년을 기다리는 존재라고 말한다. 그렇게 천년이 흐르고 난 후 시인의 끌과 망치는 "익은 너의 형상"을 드러낼 것이다. 조각이나 건축을 환기하는 이러한 예술적 의장(意匠)을 통해 시인은 "가슴 속에 숨어 있다가/마알갛게 익은/상아빛 투명한 모습으로" 나타나 조용한 법열을 선사하는 존재로서 '시'를 은유하고 있다. "비워도 비워도/가득 차는 눈물"(「가을 물소리」)처럼 "무엇을 잃고 나면/눈이 맑아진"(「봄」) 시인의 자기 고백이 충일하게 담긴 시편일 것이다.

이처럼 김동현의 두 번째 시집 『새』는 내면의 진정성을 통해 자신만의 선연한 경험과 기억을 복원해가는 미학적 세계로 자못 우뚝하다. 그 세계를 가득 채우고 있는 고독과 슬픔을 우리는 그의 실존적 고백의 양상으로 기억할 수 있을 것이다. 물론 시인은, 우리가 비록 폐허와 같은 세상을 살아가지만, 모든 존재자들이 수명을 다하고 사라져가지만, 거기에는 두려움을 넘어서는 생동감이 함께 녹아 있음을 결코 놓치지 않는다. 이러한 것들과의 경험적 동질성에서 발원하는 시를 통해 김동현은 아스라하게 특유의 페이소스(pathos)를 그려간다. 이때 시인은 끊임없는 낭만적 변주를 통해 자신의 시간을 되불러오면서 그것을 심미적 형상으로 변형해가는 활력을 지속적으로 보여준다. 불가피한 근원적 비극성을 발견하고 마침내 허허롭고 고독한 삶으로 귀환해오는 '시인 김동현'의 모습이 하늘을 날아가는 '새'처럼 환하게 펼쳐지고 있다.

4. 인생론 탐구의 균형적 진경과 자기 기원(起源)의 발원

앞에서도 강조하였듯이, 김동현의 시는 시인 스스로 자신의 생을 탐구하고 성찰하려는 자기 확인의 속성을 강하게 띤다. 그의 시는 그렇게 자기 인식과 확인의 욕망을 제일 에너지로 삼으면서, 생의 심연을 탐색하고 성찰하려는 정서적, 심미적 의지를 가멸차게 보여준다. 김동현의 시가 가지는 이러한 속성은 자기 인식의 의제들을 충실하게 수행하면서 새로운 존재론적 차원을 한껏 상상하게끔 해준다. 따라서 그의 시가 노래하는 인생론 안에는 지나온 시간에 대한 산뜻한 기억의 원리가 깊이 내재해 있는데, 이때 기억이란 대상에 대한 세세한 재현 결과가 아니라 시인의 현재적 의지에 의해 구성되는 형상으로 다가온다. 또한 그의 시는 지나온 시간을 정성스럽게 호명하면서 기억의 힘을 통해 어떤 존재론적 기원(origin)을 탐색하려는 의지에서 태어나고 펼쳐지고 완결된다. 그래서 우리가 김동현의 시를 읽는 것은 그러한 인생론을 공감적으로 경험하는 일일 뿐만 아니라 인간의 근원적 존재 형식에 대한 탐구에 흔연히 참

여하는 일도 겸하게 되는 것이다. 세 번째 시집 『바퀴의 잠』에서 우리는
이러한 인생론 탐구가 더욱 본격화되는 진경(進境)을 맞이하게 된다.

어둠 저편에서
너는
잠들지 못하고
어둠 이편에서
나는
너를 보지 못한다

이제
밤은 더욱 깊어야 하리

외로움이 깊어서
어둠의 강 저 건너
너의 모습이 보일 때까지

— 「강변에서」 중에서(『바퀴의 잠』)

노래는 철조망에 가들 수 없다
다만
저 드넓은 창공을 흐르다가
바다에 내려와
아무도 몰래
고독한 섬이 되어
홀로
떠돌 뿐이다

— 「섬 10」, 전문 (『바퀴의 잠』)

시인은 어두워진 강변에 나와 어둠 저편에서 잠들지 못하는 '너'와 어둠 이편에서 너를 보지 못하는 '나'를 마주 세운다. '이편/저편'을 가르는 어둠, '나/너'를 분리하는 '잠/봄'의 행위가 강변의 밤을 더욱 깊게 한다. 시인은 "이제/밤은 더욱 깊어야" 하고 "어둠의 강 저 건너"에서 비로소 '너'의 모습을 볼 수 있을 때까지 어둠 이편의 외로움은 더욱 깊어져야 한다고 말한다. '너'를 가로막은 어둠이 더욱 깊어져야 비로소 '너'를 볼 수 있다는 이 역리(逆理)가 바로 후기 김동현 시를 떠받드는 원리가 되어준 것이다. 마찬가지로 시인은 철조망으로는 결코 가둘 수 없는 '노래'를 불러온다. 노래는 창공을 흐르다가 섬처럼 바다에 내려와 "아무도 몰래/고독"을 증언한다. 그렇게 "섬이 되어/홀로/떠돌 뿐"인 우리 인생이 결국에는 "폐선의 용골이/문신처럼 일렁이는/바다 가장 깊은 곳"(「바다의 잠 1」)으로부터 "먼 하늘 별빛 아래/언덕"(「비애」)에 이르기까지 끝없이 울려오는 것이다. 시인의 이러한 모습은 비록 자신이 "깊이 잠든 숲속에서/나는 홀로 잠들지 못하는/새"(「새」)이지만 "저만큼 홀로 떨어져 날아가는/들기러기 한 마리"(「설날 아침」)의 속성도 견지하고 있음을 암시적으로 고백하는 데로 이어져간다. 김동현의 인생론적 감각이 든든한 균형을 얻어간 사례들일 것이다. 그리고 우리가 읽어야 할 또 한 편의 '시(詩)'라는 제목의 시편!

> 나무숲에서 바람이 노니는 모습을
> 나는
> 어둠 속의 깊은 샘에서 애써 물을 긷듯이
> 그려 보았다
> 바람과 흰옷 입은 이들의 소리 없는 원무
>
> 열기 없는 서늘한 불꽃 속으로

날개를 적시며 날아가는 새
나뭇잎을 타고 날아가는 작은 아기

그런 것은
간신히 변죽을 울렸다고 생각할 때

나의 말들은
밑으로부터 허무로 가라앉는다

ー「시」, 전문(『바퀴의 잠』)

앞에서 읽은 「시」가 오랜 기다림과 예술적 장인의식에 초점을 맞춘 것이라면, 이 작품은 "나무숲에서 바람이 노니는 모습"을 "어둠 속의 깊은 샘에서 애써 물을 긷듯이" 그리는 순간을 집약한 것이다. 그 모습은 바람결에 비치는 "흰옷 입은 이들의 소리 없는 원무"와 "열기 없는 서늘한 불꽃 속으로" 날아가는 새의 영상으로 이어져간다. "나뭇잎을 타고 날아가는 작은 아기"처럼 순수한 형상도 그려봄직하다. 그때 "밑으로부터 허무로 가라앉는" 말의 순간이 이어지게 되고 '아름다움/허무'의 동시적인 균형적 영상이 완성된다. 그렇게 "아름다운 것들은 상처를 받고 싶어"(「무제」)하며 우리의 말은 "가장 그윽한 데서 와서 가장 그윽한 데로 이끄는"(「솔바람 소리」) 힘을 가지게 되는 것이 아닌가. 결국 김동현의 '시'는 삶의 비극성을 새로운 경험으로 탈환하는 과정을 통해 시인 자신의 절실한 균형적 진경을 담아간다. 이러한 경험을 통해 우리는 삶을 반성적으로 사유하기도 하고 새로운 세계에 대한 염원을 간접화하기도 한다. 그의 시는 이러한 속성을 남김없이 충족해가는 세계로서, 우리로 하여금 실존적 정황을 끊임없이 몸 속에 새겨가게끔 해준다. 그만큼 시인은 밋밋한 기억의 복원에서 벗어나 시인으로서의 자의식을 드러내는 충만한 순간을 담는다. 그러한 의지 안에서 우리는 실존적 페이소스를 진 채 걸어가는 그의 길을 깨끗한 심상으로 바라보게 되는 것이다.

　마지막으로 우리는 『바퀴의 잠』 4부를 읽어보아야 한다. 거기에 17세 무렵부터 쓴 구작(舊作)들을 실었노라고 시인은 「자서」에 썼다. 이 작품들에는 김동현 시의 어떤 원형이 제 모습을 수줍게 감추고 있다 할 것인데, 우리는 그 밝고 순수하고 정결한 언어에 새삼 놀라게 된다. 두 편만 읽어보도록 하자.

　　　　새벽 꿈결에 보릿골을 달리며
　　　　지상에 반사하는 기도의 소리.

　　　　종달이 모음이 닿은 자리마다
　　　　한 개씩 움트는 초록 싹이여.
　　　　　　　　　　　　　　　　　―「종달새」 전문(『바퀴의 잠』)

　　　　이렇게 하염없이 비가 내리시는 날
　　　　어느 야산자락에 내 차지 흙내나는 초가삼간 있었음 좋겠다

　　　　이렇게 비가 하염없이 내리시는 날
　　　　아내와 할 일 없이 구들을 달구고 민화투 한 판 쳤음 좋겠다

　　　　건너 마을에 흐는히 비에 젖어
　　　　분홍 살구꽃 피노라고
　　　　아내 얼굴이라도 어루만져 주었음 좋겠다

　　　　이렇게 비가 줄줄줄 내리시는 날

아내와 마주 앉아 할 일 없이 눈웃음이라도 건넸음 좋겠다
―「비오는 간이역에서」, 전문(『바퀴의 잠』)

김동현은 "새벽 꿈결에 보릿골을 달리며/지상에 반사하는 기도의 소리"를 한없이 들었을 것이다. 이는 밤의 어둠이나 밑으로 가라앉는 허무와는 다른 "종달이 모음이 닿은 자리마다/한 개씩 움트는 초록 싹"이다. 종달새가 들려주는 그 우주의 화음(和音)은 '청년 김동현'의 마음을 한없이 적셨을 것이다. 또한 성년이 되어 결혼을 한 김동현은 비 내리는 간이역에서 어느 야산자락에 흙내나는 초가삼간 하나 차지하고, 아내와 구들을 달구고 민화투 한 판 쳤으면 좋겠다고 노래한다. 무심하게 아내의 얼굴을 만지며 아내와 마주 앉아 할 일 없이 눈웃음이라도 건네는 일, 김동현이 꿈꾸었던 단정한 일상이었을 것이다. 비록 비가 오지만 그것은 우중충한 우기(雨期)를 연상시키지 않고, 간이역처럼 곧 지나갈, "나즉나즉 귓속말을 주고받는"(「바람」) 사람들을 불러오는 천혜의 조건으로 몸을 바꾼다. 한때 돌아가신 어머니를 생각하면서 "어머니/나도 새가 되어/노을 속을 날아서/당신의 품으로 가요"(「귀가」)라고 노래했던 그 김동현이 노래한 아내와의 일상적 행복이 아름다운 초상으로 이렇게 남았다. 이처럼 김동현의 자기 기원(起源)은 '새벽'의 '초록'과 '흙내'나는 '눈웃음'에서 발원하였다. 그 후 세상에 가득한 비극성과 허무를 만나고 마침내 그것을 균형적 시선으로 붙잡아간 과정이 말하자면 '시인 김동현'의 궁극적 행로였던 것이다.

5. 고독과 의지와 죽음을 가로지르면서 그려진 도록(圖錄)

지금까지 천천히 읽어왔듯이, 김동현의 시는 시인 스스로 자신의 삶

을 탐색하고 성찰하고 사유하는 속성을 강하게 띠는 언어예술로 우리의 기억에 남았다. 산문 양식이 상대적으로 세계를 인식하려는 성격을 짙게 띠고 있는 데 비하면, 서정시가 가지는 이러한 자기 성찰의 성격은 매우 고유하고도 각별한 것이다. 김동현은 시를 통해 자신의 삶을 탐색하고 성찰하는 일련의 지적, 정서적 과정을 온몸으로 치러낸 장인(匠人)이다. 이번에 출간되는 전집은 그의 이러한 미완의 성과를 집약함과 동시에, 그가 남긴 오롯한 고독과 의지와 죽음까지 가로지르면서 그려진 도록(圖錄)으로 우리에게 다가올 것이다.

　시인의 10주기를 맞아 우리는 그의 시에 나타난 아름다운 기억을 매개로 한 시간 형식이 그가 평생 지켜온 고전적 원리라는 것을 새삼 알게 된다. 그의 시에는 서로 이질적이고 심지어는 대립적이기까지 한 속성들이 자연스럽게 결합하여 출렁이고 있을 때가 많다. 만남과 이별, 삶과 죽음, 소멸과 생성의 원리가 한 몸으로 나타나고 있는 것이다. 한 편의 시 안에 비극적 서사가 형상화되어 있는 경우에도 그것은 오히려 역설적 희망을 떠올리려는 의지를 암시할 때가 많다. 또한 현실로부터 낭만적 초월을 감행하는 경우에도 무책임한 현실도피가 아니라 현실을 해석하고 기대지평을 암시할 때가 자주 목격된다. 그렇게 김동현의 시에는 서정시의 원형이라고 할 수 있는 상상적 고투의 시간들이 농밀하게 녹아 있다.

　직접 뵙지 못했지만, 해설을 쓰는 내내 세 번째 시집에서 그의 시력이 멈춘 것이 못내 아쉬웠다. 서정의 원형으로서 깨끗한 허무를 온몸으로 받아들여 맑은 공허만이 남은 태고 같은 수심(水深)을 노래한 그가 새삼 그립기까지 하다. '시인 김동현'이 재발견되고 기억되는 순간이 이 전집으로 하여 이루어지기를 마음 깊이 소망해본다.

김동현 시인 연보

김동현 시인 연보

1944년(0세) 7월 31일 충남 태안군 고남면 고남리(당시는 서산군 안면읍 고남리)
　　　　에서 아버지 김기복 님, 어머니 안삼분 님의 장남으로 출생. 처음
　　　　이름은 김기종(金奇鐘)이고 본관은 경주(慶州).

1956년(12세) 고남초등학교 졸업.

1960년(16세) 안면중학교 졸업.

1963년(19세) 공주사범학교 졸업. 사범학교 시절 동급생 나태주와 시 쓰기에
　　　　열중하면서 미술교사 진문섭 선생으로부터 그림 그리기 지도.
　　　　대구시 대명초등학교 교사 발령.

1964년(20세) 나태주와 함께 2인 동인지 <구름에게 바람에게> 1집 출간.

1965년(21세) <구름에게 바람에게> 2집 출간. 육군 입대.

1968년(24세) 육군에서 제대. 대구 인지초등학교 교사로 복직.

1969년(25세) 충남 서천군 기산면 막동리, 나승복 님의 장녀 나희주와 결혼.

1972년(28세) 영남대학교 2부대학 법학과 졸업. 사법고시에 뜻을 둠.
　　　　부여군 외산면 무량사 도솔암에서 고시 공부(이후, 부여군 미산면
　　　　아미산 중대암, 전북 부안군 내소사 등을 돌며 공부). 「눈」이라
　　　　는 제목의 시를 쓰면서 시심을 회복.

1973년(29세) 나태주, 윤석산, 구재기, 김명수(金明洙) 등과 함께 시동인지
　　　　<새여울> 동인으로 참여 활동.

1974년(30세) 천안중학교 강사로 일함.

1976년(32세) 충북 제천고등학교 교사로 발령.

1977년(33세) 중앙일보 신춘문예에 시「겨울 과수 밭에서」로 당선(선자: 박희진·성찬경 시인).

제천의 문인들과 합심하여 제천문학회를 결성하고 <제천문학> 창간. 제1시집『겨울 과수 밭에서』(서울:시문학사) 출간. 신경림·민영 등 문단의 선배 시인들과 교유.

1979년(35세) 용문중학교 교사로 발령. 제3회 법원 사무관 공개채용시험 합격. 경북 봉화등기소장으로 발령. 시와 시론집『인간을 위한 사랑의 시학』(서울: 열쇠사) 참여. 시인 김명수(金明秀)와 교유. 모친 안삼분 님 별세. 기종에서 동현(洞玄)으로 개명.

1980년(36세) 경북 영양등기소장으로 발령.

1981년(37세) 충남 태안등기소장으로 발령. 제23회 사법시험 합격. 행정고시원 강사.

1983년(39세) 사법연수원 수료. 변호사 개업(서울 중구 서소문동 91 대양빌딩 805호)

1984년(40세) 제2시집『새』(서울:청하) 출간. 인권변호사로 활약하며 <민중교육>지 사건, 허병섭 목사의 노동가요 사건 등 100여 건 변론.

1986년(42세) 안양에서 살다가 서울시 목동에 집을 구매하여 이주.

1987년(43세) 국립국악원 김웅서 님에게서 대금 정악 사사.

1988년(44세) 민족문학작가회의 이사로 피선. 아버지 김기복 님 별세.

1990년(46세) 국립국악원 서용석 님에게서 대금산조 사사.

1991년(47세) 대한변호사회 법제위원. 서울지방변호사회 홍보위원회 부위원장. 안산 무료법률상담소 개설·운영. 산문집『땅에서 넘어진 자 땅을 짚고 일어나라』(서울:실천문학사) 출간.

1992년(48세) 제3시집『바퀴의 잠』(서울:인문당) 출간. 경기도 안산시로 이주.
정치에 입문하여 민주당 안산·옹진지구당 위원장. 이후, 수차례
국회의원 선거(1992년, 1996년, 2000년), 안산시장 선거(2006년)
에 출마했으나 뜻을 이루지 못함.

2003년(59세) 선시집『섬』(서울:푸른사상) 출간.

2013년(69세) 1월 13일(음력 2012.12.20.) 별세. 슬하에 1남 3녀를 둠(아들 대환.
딸 후영, 현영, 세영).

(김동현의 자술 연보를 참조, 나태주 정리)

김동현 시전집

초판 1쇄 인쇄일	ㅣ 2023년 10월 20일
초판 1쇄 발행일	ㅣ 2023년 10월 30일
지은이	ㅣ 김동현전집간행위원회
펴낸이	ㅣ 한선희
편집/디자인	ㅣ 정구형 이보은
마케팅	ㅣ 정찬용 정진이
영업관리	ㅣ 한선희 김형철
책임편집	ㅣ 이보은
인쇄처	ㅣ 으뜸사
펴낸곳	ㅣ 국학자료원 새미 (주)

등록일 2005 03 15 제25100 · 2005 · 000008호
경기도 고양시 덕양구 권율대로 656 원흥동 클래시아 더 퍼스트 1519, 1520호
Tel 442 · 4623 Fax 6499 · 3082
www.kookhak.co.kr
kookhak2010@hanmail.net

ISBN	ㅣ 979-11-6797-131-9 *03810
가격	ㅣ 45,000원